la déesse et la danseuse

J'AI LU

Barbara Cartland est une romancière anglaise dont la réputation n'est plus à faire.

Près de trois cents romans variés et passionnants mêlent aventures et amour.

Les Éditions J'ai Lu *en ont déjà publié plus de quatre-vingts que vous retrouverez dans le catalogue gratuit disponible chez tous les libraires.*

Les Éditions J'ai Lu *publient également* Les romans préférés de Barbara Cartland, *un choix des livres qui ont enchanté sa jeunesse.*

BARBARA CARTLAND

la déesse et la danseuse

traduit de l'anglais par Anne VILLELAUR

Éditions J'ai Lu

Ce roman a paru sous le titre original :

THE GODDESS AND THE GAIETY GIRL

NOTE DE L'AUTEUR

Les renseignements fournis dans ce roman sur Joseph Lister et sa découverte des antiseptiques sont exacts, ainsi que les références au Gaiety Theatre.

La vie d'Arthur, le roi légendaire des chevaliers de la Table Ronde, a été, durant des siècles, une pomme de discorde entre lettrés. Mais l'*Historia Britonum* du IXe siècle décrit ses douze batailles contre les Saxons, et les *Annales Cambriae*, 950-1000, racontent la bataille de Cambran « dans laquelle périrent Arthur et Medrant ».

Alfred Tennyson immortalisa Arthur dans ses poèmes, et il me plaît d'ajouter foi aux légendes françaises largement répandues au XIIe siècle selon lesquelles le roi Arthur n'est pas mort et on s'attend à ce qu'il revienne pour sauver ceux qui auront besoin de lui, quand le Mal triomphera sur le monde.

Peut-être le moment où la bonne volonté l'emportera n'est-il pas éloigné?

1

1870

Murdoch Proteus Edmond Garon, quatrième duc de Tregaron, se mourait.

L'immense château était silencieux. Les serviteurs se déplaçaient sur la pointe des pieds, et partout régnait ce calme révélateur qui précède la mort.

– Il dure bien longtemps, dit un valet de pied à un autre, posté comme lui dans la grande salle gothique pour attendre les équipages qui ne cessaient d'arriver.

– C'est leurs docteurs, répondit le second. Si on est pauvre, ils en finissent en vitesse avec vous. Si on est riche, ils vous maintiennent en vie pour être grassement payés le plus longtemps possible.

Le premier valet étouffa un rire, puis observa le silence lorsque le majordome, cheveux gris, air solennel, se dirigea vers la grand-porte.

Il devait avoir vu un équipage descendre la longue allée bordée de chênes séculaires.

Deux laquais descendirent précipitamment l'escalier de pierre pour aller ouvrir la portière de la voiture, tandis que deux autres prenaient place à l'intérieur. Tous portaient la livrée rouge et or des Garon et des perruques poudrées.

Planté devant la grand-porte, le majordome regardait la marquise douairière de Humber descendre de voiture.

Il pensait qu'il n'était pas surprenant que le duc, après la vie de débauché qu'il avait menée, mourût relativement jeune, à l'âge de cinquante-huit ans.

La douairière avança lentement, avec une dignité toute royale, monta l'escalier et pénétra dans le château.

– Bonjour, Dawson!

– Bonjour, madame la marquise, répondit le majordome en s'inclinant. C'est une triste journée pour nous tous, comme le sait madame la marquise.

– Je me rendrai immédiatement auprès de Sa Grâce, répliqua la douairière. Il n'est nullement besoin que vous m'accompagniez, Dawson. Je présume qu'on a envoyé chercher M. Justin?

– Oui, madame la marquise. Si je ne me trompe, un courrier est parti pour la France hier matin.

– La France!

Ce n'était pas une question, mais une exclamation, et la marquise affichait une moue désapprobatrice lorsqu'elle gravit le grand escalier de pierre magnifiquement sculpté, orné d'animaux héraldiques portant tous un bouclier.

Dans l'immense pièce du premier étage qui avait été jadis la chambre à coucher royale, le quatrième duc gisait, les yeux fermés, ne prêtant aucune attention à la voix enrouée de son aumônier personnel qui priait à son chevet.

La sœur du duc, lady Alice Garon, qui était restée fille, se tenait assise sur une chaise, de l'autre côté du lit.

Son arthrite l'empêchait de s'agenouiller et, de toute façon, elle pensait avec un certain cynisme qu'il y avait peu de chances pour que son frère ou Dieu appréciassent ce geste.

Trois médecins se tenaient dans une attitude quelque peu embarrassée tout au fond de la pièce, s'entretenant à voix basse.

Ils avaient fait de leur mieux pour prolonger la vie de leur malade mais, quand il avait contracté une pneumonie, ils avaient su que rien – et certainement pas leurs compétences limitées – ne pourrait le sauver.

La porte s'ouvrit et la marquise entra, avançant tel un navire toutes voiles dehors.

Elle se dirigea vers le lit de son frère, et l'aumônier se leva à son approche pour se fondre silencieusement dans l'ombre.

La douairière se pencha et posa sa main sur celle de son frère.

– Etes-vous capable de m'entendre, Murdoch? demanda-t-elle.

Le duc ouvrit très lentement les yeux.

– Je viens d'arriver et je suis heureuse que vous soyez encore en vie!

Un sourire légèrement moqueur tordit les lèvres minces du duc.

– Vous... avez... toujours voulu... être là... pour la mise à mort... Muriel!

La marquise douairière se raidit comme si l'accusation la blessait.

Puis, avant qu'elle pût répliquer, le duc dit, d'une voix qui donnait l'impression qu'il suffoquait :

– Où... est... Justin ?

– J'ai cru comprendre qu'on l'avait envoyé chercher hier, répondit-elle. Je trouve qu'on a fait preuve d'une extrême négligence en attendant autant de temps.

En parlant, elle regardait ouvertement sa sœur, lady Alice, et il était évident que celle-ci aurait répliqué si le duc n'avait poursuivi, toujours haletant d'épuisement :

– Il sera... un meilleur... duc... que moi.

Le dernier mot se perdit dans un râle effrayant qui semblait venir du fond de sa gorge.

Les médecins s'approchèrent précipitamment mais, en arrivant près du lit, ils savaient déjà que le quatrième duc s'était tu à jamais...

Le soleil essayait de filtrer à travers les rideaux de dentelle voilant une fenêtre dont les vitres avaient bien besoin d'être nettoyées.

Comme si la chaleur le gênait, l'homme, assis dans un fauteuil, jambes étendues, regarda la femme allongée sur un lit bas qui pouvait faire office de sofa et demanda :

– Il fait chaud, aujourd'hui. Un peu d'air te ferait-il du bien ?

– Ça m'est égal, répondit la femme. Si tu veux sortir, vas-y.

– Je suis très bien.

– C'est épouvantable pour toi d'être cloîtré ici. Je

m'en rends bien compte mais, Harry, je t'en suis si reconnaissante.

Elle tendit la main et l'homme, se levant pour venir s'asseoir sur le bord du lit, la prit dans la sienne.

– Tu sais que je veux être près de toi, Katie, dit-il, et s'il y avait seulement quelque chose que je puisse faire!

La femme, qui semblait à peine sortie de l'adolescence, soupira.

– Moi aussi, je voudrais faire quelque chose et, à ce moment de l'après-midi, c'est un vrai supplice de ne pas aller au théâtre. Je ne cesse de penser aux autres, assis dans les nouvelles loges, en train de passer leurs jolis costumes. Oh, Harry, qui porte le mien?

C'était un cri qui semblait venir du cœur et Harry répondit, en serrant ses doigts :

– Personne. Hollingshead te garde ta place, je te l'ai dit.

C'était un mensonge, mais il s'exprimait avec conviction et les yeux de Katie retrouvèrent leur éclat.

– Nous serons fixés tout à l'heure, n'est-ce pas? demanda Katie. Le Dr Medwin avait la certitude de pouvoir nous le dire aujourd'hui.

– Oui, c'est ce qu'il a affirmé.

Harry regardait Katie, le dos soutenu par l'oreiller, ses longs cheveux blond roux ruisselant sur ses épaules.

Bien que le soleil ne la frappât pas directement, on aurait dit que sa clarté dorée illuminait sa chevelure et, en en faisant flamboyer les reflets roux, lui donnait presque vie.

– A quoi penses-tu, Harry? demanda-t-elle.

– Je pensais que tu es vraiment ravissante.

– Et ça me sert à quoi d'être ravissante quand je suis coincée ici et incapable de danser? demanda-t-elle d'une voix sèche.

Pour changer de conversation, Harry alla ramasser le journal qui traînait par terre près de son fauteuil, et dit :

– Le duc de Tregaron est mourant.

– J'espère qu'il ira pourrir en enfer!

– Je serais bien d'accord avec toi, à condition que ce ne soit pas un enfer de luxe avec des démons particuliers chargés de lui apporter champagne et caviar dès qu'il lèverait le petit doigt.

Il pensait faire sourire Katie mais, contrairement à son attente, elle dit :

– Ce n'est pas juste qu'il meure dans une telle aisance alors que moi, à mon âge, je dois moisir ici à me demander ce que tu vas faire quand nous n'aurons pas de rentrées à la fin de la semaine.

– Je t'ai dit de ne pas t'en inquiéter. Je m'arrangerai d'une façon ou d'une autre.

– Mais comment? demanda Katie. Il faut absolument que je me remette au travail, tu le sais bien.

– Je sais, je sais! acquiesça Harry. Mais tu ne peux rien faire tant que nous ne saurons pas ce que le Dr Medwin va dire.

Il jeta un coup d'œil sur le journal et, comme s'il voulait s'efforcer encore de changer les idées de Katie, il enchaîna :

– Parle-moi du duc. Je ne t'ai jamais demandé ce qu'il avait fait exactement.

– Qu'est-ce que tu crois qu'il a fait? répliqua

Katie. Ce vieux dégoûtant! Ça me rend malade de penser à lui!

– Tu devais être très jeune quand tu l'as connu. Nous sommes ensemble depuis quatre ans.

– C'était il y a six ans, quand j'ai débarqué à Londres, répondit Katie. J'étais aux anges d'avoir été engagée à l'Olympic. D'abord dans la troupe de girls puis, grâce à mes cheveux, j'ai pu danser bientôt seule.

– Tes cheveux? Qu'est-ce que tu entends par là?

– Ça s'est passé à une répétition, répondit Katie. Je dansais avec les autres et j'y mettais un certain entrain. Alors j'ai perdu mes épingles et mes cheveux se sont dénoués.

Il y avait une ombre de sourire sur ses lèvres lorsqu'elle poursuivit :

– J'étais gênée, mais j'ai continué à danser et, à la fin, je me suis mise à ramasser mes épingles. Alors le régisseur m'a dit : « Vous là-bas! Laissez vos cheveux comme ça et essayez de faire les derniers pas toute seule. »

On décelait une gaieté soudaine dans la voix de Katie. Elle ajouta :

– Tu peux imaginer que j'y ai mis une certaine verve. Alors, tous les soirs, j'entrais en scène avec les cheveux relevés et, quand ils se déroulaient, le public aimait ça!

Pendant un moment, Katie revécut le passé puis, sans que Harry eût dit mot, elle enchaîna :

– Cela faisait à peu près trois semaines que je dansais ainsi quand une des filles m'a dit : « Il y a un véritable aristo dans la loge d'avant-scène, ce soir. »

Bien sûr, en entrant en scène, j'ai regardé pour voir ce qu'elle entendait par là, et j'ai été déçue.

– Je suppose que c'était le duc, commenta Harry.

– Je ne le savais pas au début, pas avant qu'il me fasse passer sa carte pour me demander de souper avec lui.

– Et tu y es allée?

– Bien sûr que j'y suis allée! Les filles crevaient toutes d'envie à la pensée que j'allais souper avec un duc en chair et en os! (Elle poursuivit avec un accent de triomphe dans la voix :) « Pourquoi te demander ça à toi? », a dit la vedette, qui était extrêmement susceptible, et les autres ont fait plus ou moins écho à ses paroles.

– Je n'en aurais pas été surpris, moi, dit Harry.

Katie lui sourit avant de continuer :

– Quand je l'ai rejoint dans la loge d'avant-scène, je n'ai pas été tellement impressionnée. Il avait l'air très vieux, et il y avait quelque chose en lui que je n'aimais pas. Mais quand je suis montée dans sa voiture, j'ai su que j'entrais dans un monde dont je ne soupçonnais même pas l'existence.

– Quel âge avais-tu?

– Exactement dix-sept ans, et j'ignorais tout des gens comme lui... Comment aurais-je su?

– Comment, effectivement? acquiesça Harry.

– Tu es un gentleman, tu sais comment se comportent les gens comme le duc. Pour moi, tout était nouveau – l'attelage tiré par deux chevaux, le laquais sur le siège du cocher, le propriétaire du restaurant qui s'inclinait si bas qu'il se cassait presque en deux, la meilleure table, une orchidée pour moi puis caviar et champagne auxquels je n'avais encore jamais goûté.

– Tu devais avoir bu du champagne! lui fit remarquer Harry.

– Pas comme celui-là! C'était bien différent du mousseux qu'on m'avait offert à Stockport! Et la nourriture! J'avais toujours rêvé de manger suffisamment pour ne pas avoir faim pendant une semaine!

– Qu'est-ce qui s'est passé?

– Rien, ce soir-là et pendant plusieurs semaines, répondit Katie. « Je suis une fille honnête », lui avais-je expliqué après qu'il m'eut dit ce qu'il voulait.

– Comment a-t-il réagi?

– Il a essayé de me convaincre en disant : « Je peux vous rendre très heureuse et vous donner une aisance que vous n'avez jamais connue. »

– Mais tu as tenu bon?

– Si tu veux dire que je ne lui ai pas permis de me toucher, c'est assez vrai. D'abord, il ne me plaisait pas. Je le trouvais vieux et répugnant, mais j'aimais les fleurs qu'il m'offrait et ses cadeaux.

– De beaux cadeaux?

– C'est ce que je croyais à l'époque, mais quand j'ai voulu les vendre, j'ai découvert qu'il n'avait pas été si généreux que ça. Comment aurais-je pu en juger alors qu'avant lui, on ne m'avait jamais rien offert d'autre que quelque chose à boire?

– Continue, dit Harry.

– Eh bien, le duc m'invitait à sortir. Pas tous les soirs, mais environ trois fois par semaine et, chaque fois, il devenait plus persuasif et plus pressant. Finalement, j'ai compris qu'il me faudrait en passer par où il voulait, et je n'en avais pas l'intention, ou bien l'envoyer promener.

– Et qu'est-ce que tu as fait?

– J'essayais de me décider, mais c'était difficile parce que les autres filles, qui crevaient d'envie, me conseillaient de le faire marcher. Mais, à ce moment-là, j'avais entendu parler de sa réputation.

– J'imagine facilement ce qu'on t'a dit.

– Je sais ce que tu penses, mais quand on est jeune, on a une grande confiance en sa capacité de manœuvrer les gens. Alors, je n'avais pas vraiment peur de lui, même si nous nous étions bagarrés deux fois dans sa voiture.

– Il ne proposait pas de t'emmener quelque part ailleurs?

– Bien sûr que si! « Si vous dîniez en tête à tête avec moi, nous pourrions être tranquilles », disait-il toujours. « Oh, non, Votre Grâce, répondais-je, je veux que tout le monde voie comme je dois être intelligente pour souper avec quelqu'un d'aussi important que vous. »

Harry se mit à rire.

– Fort heureusement, les salons particuliers, dans tous les restaurants qu'il fréquentait, étaient à l'étage, poursuivit Katie, et je refusais de poser le pied sur la première marche. M. le duc était furieux de voir déjouer ses plans, mais que pouvait-il y faire?

– Et alors que s'est-il passé?

– Je me suis fait avoir par la ruse, dit Katie en soupirant. J'aurais dû me douter que je ne pourrais le tenir éternellement à distance! (Après un silence, elle expliqua :) C'était un samedi soir, et la semaine avait été longue. Il y avait eu aussi matinée ce jour-là. J'étais fatiguée et le duc m'a versé force coupes de champagne. Je n'étais pas pompette, mais cela suffisait pour que j'aie l'esprit moins vif que les autres fois. Alors le maître d'hôtel est venu à notre table et a dit : « Lady Constance vous fait ses amitiés, et elle serait enchantée si Monsieur le duc et la jeune dame qui soupe avec lui voulaient bien se joindre à ses invités à l'étage. Madame est sûre que vous les trouverez agréables, et plusieurs célébrités du monde du théâtre assistent à la réception. » Le duc se tourna vers moi. « Ce serait amusant et nous n'avons pas besoin d'y rester longtemps. Qui sait... Cela pourrait vous servir de tremplin dans votre carrière. » J'ai pensé que c'était une aubaine, car j'avais toujours voulu rencontrer des vedettes d'autres théâtres. « J'irais volontiers. » « Veuillez remercier lady Constance, dit le duc au maître d'hôtel, et lui dire que Mlle King et moi la rejoindrons dès que nous aurons fini de souper. » « Très bien, monsieur le duc. » J'ai vu l'homme monter l'escalier et il ne m'est pas venu à l'esprit un seul instant que cela pût être autre chose qu'une véritable invitation.

– Tu veux dire que le duc avait combiné cela pour t'attirer dans un salon particulier? demanda Harry.

– C'est exact. Une dizaine de minutes plus tard, le maître d'hôtel nous précédait dans un couloir obscur. J'entendais parler et rire dans les pièces devant lesquelles nous passions, puis il a ouvert une porte. (Il y avait indubitablement quelque chose de cassant dans la voix de Katie lorsqu'elle poursuivit :) J'ai pénétré la première dans la pièce qui était peu éclairée, et elle était vide! Innocente, l'esprit un peu brouillé par le vin, j'ai regardé autour de moi et j'ai pensé que c'était l'antichambre de la pièce où avait lieu la réception. Puis je me suis retournée et j'ai vu le duc fermer la porte et mettre la clé dans sa poche. J'ai compris qu'on m'avait dupée!

– Et tu n'as rien pu faire? demanda Harry.

– J'ai crié et il m'a frappée! dit simplement Katie. Plus je me débattais, plus il semblait aimer ça. Il était très fort et, comme je suis lâche, je ne lui ai pas opposé beaucoup de résistance après mes premiers efforts effrénés pour essayer de lui échapper.

– Pauvre Katie!

– J'ai appris plus tard, au théâtre, que la moitié des filles avaient le même genre d'histoires à raconter. Ne fais jamais confiance à un aristo et ne bois jamais si tu veux le rouler. C'est le conseil que je donnerais à toute fille de la campagne qui monte sur les planches!

– J'ai toujours entendu dire que le duc est un salaud. Que t'a-t-il donné?

– Cinquante livres, et il n'y a plus eu ni fleurs ni invitations à dîner.

– Tu plaisantes? demanda Harry, surpris.

– J'ai trouvé beaucoup de gens pour me dire, après, que son seul désir était d'avoir une fille jeune, innocente et vierge. C'est ce qu'il a eu avec moi. Et pour pas grand-chose!

Katie parlait d'une voix dure.

– Il m'a fait prendre tous les hommes en horreur jusqu'à ce que je te rencontre. Oh, Harry, je t'aime!

– Nous avons eu de bons moments ensemble, et nous en aurons beaucoup d'autres encore, tu sais.

Quand le médecin nous apportera la bonne nouvelle, tu retourneras au théâtre et, avant que tu comprennes ce qui t'arrive, Hollingshead fera de toi sa vedette féminine.

– C'est ce que je veux. La vedette du Gaiety... « MLLE KATIE KING dans *La Princesse de Trébizonde* »!

– Et il en sera ainsi, retiens bien ce que je te dis! affirma Harry. Il te faudra un mois pour te remettre. On m'a dit que ce spectacle qu'il a rapporté de Paris sera le meilleur que nous ayons jamais vu. Et j'ai toujours beaucoup aimé la musique d'Offenbach.

– Il faut que je joue dedans, il le faut! s'écria Katie.

– Tu y joueras, dit Harry avec assurance.

Ils entendirent frapper à la porte : comme s'il faisait son entrée sur une fin de tirade, le médecin était arrivé.

Harry attendait sur le palier quand le Dr Medwin sortit de la chambre de Katie.

C'était un homme entre deux âges dont les cheveux commençaient à grisonner, et dont le visage ridé et le teint blême indiquaient clairement qu'il était surchargé de travail et mal nourri.

C'était non seulement un bon médecin, mais aussi un fin connaisseur d'hommes. Bien qu'il prît Harry Carrington pour ce qu'il était, un homme vivant aux crochets de ses maîtresses, il n'en continuait pas moins à avoir de la sympathie pour lui.

Ce bon à rien qui n'avait pas travaillé un seul jour de sa vie était gentilhomme de naissance et possédait un charme auquel les femmes ne pouvaient résister.

Il avait aussi, pensait le Dr Medwin, le mérite de rester auprès de Katie King en ce moment de sa vie où, si on l'avait laissée seule en proie à ses appréhensions, elle aurait pu se suicider.

La Tamise, qui formait la frontière nord de la partie de Lambeth où habitait l'importante clientèle du Dr Medwin, avait englouti plusieurs de ses patients, incapables d'affronter la vie après avoir appris la vérité sur la gravité de leur état de santé.

Harry était appuyé sur la rampe branlante de l'escalier quand le médecin sortit de la chambre de Katie en refermant soigneusement la porte derrière lui.

– Quel est le verdict? demanda Harry d'une voix étranglée.

– Mauvais.

– Je m'y attendais.

– Moi aussi, mais il fallait que j'aie confirmation. Les examens révèlent, sans doute possible, une tumeur cancéreuse.

– Que pouvez-vous faire dans ce cas?

– Pas grand-chose, je le crains.

Le Dr Medwin soupira.

– Ça semble terrible à dire d'une femme qui n'a guère plus de vingt-trois ans et qui est aussi ravissante que Katie King.

– Il doit y avoir sûrement quelque chose à faire, non?

– Je peux seulement promettre qu'elle ne souffrira pas trop, mais je ne peux pas vous cacher que les douleurs seront de plus en plus aiguës. En vérité, seuls des médicaments lui épargneront d'en éprouver toute l'atrocité.

– Est-ce tout? demanda Harry d'une voix triste.

– Si vous étiez riche, je vous répondrais différemment. Il existe un espoir nouveau pour ceux qui subissent des interventions chirurgicales, espoir qui est né il y a environ cinq ans des idées révolutionnaires d'un nommé Joseph Lister.

– Il me semble avoir lu quelque chose à son sujet.

– Dans un article, il a expliqué que les antiseptiques pouvaient prévenir la putréfaction dans le cas des incisions chirurgicales, et ses théories sont corroborées par ce que dit en France un nommé Louis Pasteur.

– Et pourtant cela ne s'applique pas au cas de Katie?

– En ce qui concerne Mlle King, la seule chose que je puisse faire est de l'envoyer dans un de nos hôpitaux municipaux où il y a une place disponible. (Il fit une pause avant de poursuivre :) On reconnaît que les chances de survivre à une opération ne dépassent pas cinquante pour cent mais, d'après mon expérience personnelle, je peux vous assurer qu'elles sont bien moindres.

– C'est ce que j'ai entendu dire, répliqua Harry, furieux, et je ne laisserais pas même un animal subir de telles conditions d'hospitalisation.

– Vous l'avez dit! approuva le Dr Medwin.

Les deux hommes sombrèrent dans le silence, et le Dr Medwin se mit à penser à l'infection putride, aux nombreux cas où il avait vu la peau devenir rouge, brûlante et gonflée autour de l'incision.

Peu à peu, elle noircissait avec la gangrène, un

liquide à l'odeur fétide et du pus en suintaient, le malade frissonnait, pris d'une forte fièvre, et la mort intervenait rapidement.

On eût dit que Harry avait suivi les pensées du médecin car il demanda :

– Selon vous il y a une autre solution?

– En ce moment, il n'existe qu'un seul chirurgien qui travaille selon les méthodes de Lister et qui a sa propre clinique.

– Comment s'appelle-t-il?

– Sheldon Curtis. C'est non seulement un chirurgien de premier ordre, mais on m'a dit qu'en utilisant l'acide carbonique comme antiseptique, il avait réduit à moins de cinq pour cent le nombre d'accidents mortels chez ses malades.

Après un instant de silence, Harry demanda d'une voix étranglée :

– Combien demande-t-il?

– Avec les frais de clinique, il ne prendrait pas de patient pour moins de deux cents livres.

Harry éclata d'un rire totalement dénué de gaieté.

– En ce moment, c'est à peine si j'ai deux cents shillings.

– Alors, comme je vous l'ai dit, fit remarquer le Dr Medwin, je ferai de mon mieux pour empêcher Mlle King de souffrir.

– Et que doit-elle faire, en attendant?

– Tout ce qu'elle voudra, mais elle n'aura pas très envie de bouger beaucoup, et sûrement pas de danser. Je suis désolé, Carrington, mais je savais que vous préféreriez connaître la vérité.

– Oui, bien sûr.

– Ce n'est pas une consolation, ajouta le Dr Medwin, mais je vais avoir la même conversation avec un autre malade que j'ai examiné en même temps que Mlle King. Je suppose que vous avez entendu parler de lui – il habite à quelques pas d'ici. Le Pr Braintree.

– Il me semble avoir lu quelque chose sur lui, je ne sais où.

– Un homme brillant, spécialiste de la littérature du XIIIe siècle, admiré de tous dans le monde intellectuel mais, malheureusement, cela n'incite personne à acheter ses livres.

Le Dr Medwin ramassa la sacoche noire qu'il avait posée par terre pendant qu'il parlait à Harry.

– C'est assez étrange, mais sa fille a des cheveux de la même couleur que ceux de Mlle King. Je trouve que c'est une coïncidence extraordinaire car cette teinte est pratiquement unique, et je n'ai pas souvenir d'avoir jamais vu une femme avec une telle chevelure.

– C'est effectivement étrange, approuva Harry. En fait, comme vous, avant de rencontrer Katie, j'ignorais qu'une telle couleur existât, sauf sur les toiles de quelques vieux maîtres.

– C'est magnifique, absolument magnifique! dit le Dr Medwin, une pointe d'enthousiasme perçant dans sa voix lasse. C'est dommage, vraiment dommage que nous ne puissions faire davantage pour Mlle King ou pour le père de Mlle Braintree.

Il commença à descendre l'escalier, et Harry le suivit.

– En somme, d'après vous, dit ce dernier, si le Pr Braintree avait de l'argent, il pourrait être opéré par ce Curtis et peut-être sauvé, comme Katie?

– Il y a, bien entendu, toujours une chance pour que le cancer ne soit pas à un stade trop avancé, répondit prudemment le Dr Medwin mais, si vous voulez mon avis de médecin, on pourrait sauver à la fois Katie et le professeur, s'ils étaient opérés immédiatement par Sheldon Curtis.

Il était arrivé dans l'entrée, étroite et crasseuse, et s'arrêta avant d'ouvrir la porte.

– Je connais déjà la réponse, ajouta-t-il, mais je dois vous demander si, après tout ce que j'ai dit, vous seriez prêt à prendre le risque d'envoyer Mlle King à l'hôpital.

– Vous connaissez effectivement ma réponse. Si je croyais qu'elle ait la moindre chance, je n'hésiterais pas. Mais j'ai entendu parler de trop de gens morts à l'hôpital après y avoir été charcutés. Si elle doit mourir, qu'elle meure proprement.

– Je m'attendais à ce que vous disiez cela, répondit le Dr Medwin. Au revoir Carrington. J'aurais préféré pouvoir vous apporter de meilleures nouvelles. Je passerai dans un jour ou deux. Envoyez-moi chercher si elle souffre beaucoup.

– Oui, naturellement, et merci.

Le médecin le salua de la main, descendit les marches branlantes et se dirigea vers un autre secteur du quartier aux maisons un peu moins délabrées.

Harry remonta très lentement l'escalier jusqu'au deuxième étage.

Il s'arrêta devant la porte de Katie et, au prix d'un effort considérable, il plaqua un sourire sur ses lèvres avant d'entrer.

– Qu'est-ce qu'il a dit ? Il n'a rien voulu me dire. Il a dit qu'il t'en parlerait, lui lança Katie.

Elle s'était un peu redressée sur ses oreillers et, avec ses cheveux d'or roux lui tombant jusqu'à la taille, elle était si ravissante que, pendant un instant, Harry ne put que la regarder, incrédule : était-il possible qu'il vienne d'entendre prononcer sa sentence de mort ?

Puis, avec un sourire, il répondit :

– Le docteur s'est montré très encourageant. Les choses ne vont pas si mal qu'il le craignait et il reviendra dans quelques jours. Il pense qu'à ce moment-là tu te sentiras mieux.

– A-t-il vraiment dit ça ? Vraiment ? Sincèrement ? demanda Katie.

Harry s'assit sur le lit et la prit dans ses bras.

– Crois-tu que je te mentirais ? Il faut que tu ailles bien, chérie, et vite, ou nous allons être complètement affamés, toi et moi !

– Oh, Harry, quand je remonterai sur scène, je travaillerai si dur que nous vivrons bientôt dans le luxe et que tu pourras t'offrir le costume neuf dont tu as besoin.

Katie ne put en dire davantage : Harry l'embrassait.

Puis, quand il la sentit mollir dans ses bras, il comprit qu'il l'avait excitée.

– Je vais te fatiguer, chérie, pas ce soir en tout cas. Te regarder suffit à mon bonheur. Le médecin vient juste de me dire combien il te trouvait ravissante.

– On m'applaudira encore quand je serai en scène avec mes cheveux dénoués, lança Katie d'une petite voix ravie.

– Le médecin me faisait remarquer qu'il croyait ta couleur de cheveux unique, dit Harry, semblant se parler à lui-même, jusqu'à ce qu'il ait vu, tout près d'ici, une autre fille dont les cheveux sont de la même nuance.

– Je ne le crois pas! s'écria Katie. Elle s'est teint les cheveux!

– Selon le médecin, non.

– Je lui arracherai les yeux si ses cheveux sont plus jolis que les miens.

– Ne t'inquiète pas, mon trésor. Personne ne peut avoir des cheveux comme les tiens.

– C'est ce que disait ce vieux cochon de duc! Une « enchanteresse », c'est comme ça qu'il m'appelait. Sur les cartes qu'il joignait aux fleurs, il écrivait : « A une enchanteresse dont chaque cheveu de la délicieuse tête m'attire! » (Katie rit et demanda :) Sais-tu ce qu'il m'a dit une fois?

– Que t'a-t-il dit? s'enquit Harry sans grand intérêt.

– Il a dit : « J'ai eu trois épouses et je leur ai survécu à toutes trois, et j'offrirais à toute femme qui me donnerait un fils la moitié de ma fortune. En outre, je ferais d'elle une duchesse. »

– Trois épouses. A la façon dont il se comportait, il ne méritait pas de perpétuer sa race! s'exclama Harry. (Il remarqua l'expression de Katie et demanda :) T'es-tu demandé s'il t'avait fait un enfant?

– Bien sûr, répondit-elle, mais il était trop bestial, trop brutal, et je ne croyais pas qu'on pouvait faire des bébés de cette façon.

– Néanmoins, si tu avais eu un fils, tu serais devenue duchesse.

– Je préfère être avec toi, vieil idiot! dit Katie en riant.

Elle lui tendit les bras.

– Tu mérites de te distraire après cela, mon Harry, et je veillerai à ce qu'il en soit ainsi, même si c'est la dernière chose que je puisse faire. (Elle lui prit la main et la tint dans les siennes.) Aujourd'hui, c'est notre jour de chance, dit-elle. Qui sait ? Peut-être que, quand ce vieux salaud mourra, nous apprendrons qu'il m'a laissé quelque chose dans son testament.

Harry rit puis, soudain, il devint tendu et Katie sentit ses doigts se raidir.

– Que se passe-t-il ?

– J'ai une idée, répondit Harry.

– Laquelle ?

– Je t'en parlerai plus tard, mais je crois avoir trouvé quelque chose qui nous apporterait la chance dont nous avons toujours manqué.

– Oh, dis-moi, Harry.

– Non, il faut que j'y réfléchisse encore.

– Je vais mourir de curiosité.

Harry fut soudain frappé à l'idée qu'elle mourrait de son cancer s'il ne pouvait mener à bien son projet.

Il se leva d'un bond.

– Je sors. Je ne serai pas longtemps absent.

– Je t'ai dit d'aller prendre l'air. Pendant ce temps-là, je ferai un petit somme.

– C'est une bonne idée.

Harry se pencha pour l'embrasser sur la joue.

– Tu es si gentil pour moi, Harry, dit-elle doucement avec un petit sanglot dans la voix. Je ne sais pas ce que je ferais sans toi. Tu reviendras, n'est-ce pas ?

– Je ne répondrai pas à une question aussi ridicule, et j'achèterai quelque chose de bon pour le dîner.

– Avec quoi? demanda machinalement Katie. (Puis elle ajouta :) Et si on mettait mon manteau au clou? Quand je serai sur pied, je n'en aurai pas besoin, et ce vieux Shylock devrait t'en donner au moins une livre.

Harry hésita. Puis il répondit :

– D'accord. Tu as raison, il fera chaud le mois prochain, et quand tu iras assez bien pour retourner au théâtre, tu pourras demander une avance sur ton salaire.

– Bien entendu, approuva Katie. Le manteau est pendu derrière le rideau et, avant de partir, peux-tu me donner un mouchoir? Il doit y en avoir un dans le tiroir du haut.

Harry se dirigea vers la commode de bois blanc qui était dans un coin de la pièce.

Il ouvrit le tiroir rempli de rubans, de mouchoirs, de fleurs artificielles et de foulards en loques.

Il saisit un mouchoir et dit :

– Le duc t'a-t-il écrit des lettres?

– Il m'envoyait toujours des petits mots pour me dire à quelle heure il passerait me prendre pour souper. Cela tenait plus de l'ordre que de l'invitation. Il ne s'attendait pas à ce qu'une fille refuse quoi que ce soit à quelqu'un d'aussi important que lui.

– Les as-tu gardés?

– Je pense que oui. Je garde tout. Ma mère m'a toujours dit que j'étais une vraie fourmi.

– Où sont-ils?

– Dans le tiroir du bas avec les programmes des spectacles dans lesquels j'ai joué et les comptes rendus des journaux. Je les ai toujours gardés. En fait, on a parlé de moi dans un ou deux articles.

– Tu es sûre qu'il y a les lettres du duc?

– Je crois que oui, et il y a les cartes qu'il joignait aux fleurs : « A mon enchanteresse! » Si j'avais su qui il était vraiment, j'aurais tout brûlé!

– Mais tu ne l'a pas fait? demanda vivement Harry.

– Non, je suis trop paresseuse. Et puis, quand je serai célèbre, je les insérerai dans mon autobiographie : *Séduite par un duc!* Ça ressemble à un titre de roman pour midinettes, tu ne trouves pas?

Harry prit le manteau derrière le rideau. Avec son col de fourrure bon marché, il avait sur le portemanteau un aspect tout à fait différent que sur le dos de Katie.

– Au revoir, chéri! Ne sois pas trop long! dit-elle de son lit.

– Je ferai aussi vite que possible. Tu vas dormir et, soit dit en passant, c'est un ordre, même s'il ne vient pas d'un duc!

Il l'entendit rire en fermant la porte.

– Larentia!

– Je viens, papa!

Larentia Braintree prit le café qu'elle avait préparé dans la cuisine et monta l'escalier qui menait à la chambre de son père.

C'était une pièce agréable, avec deux fenêtres donnant sur la rue et un plafond très haut, comme tous les plafonds de la grande maison, bien trop vaste pour eux. Mais ils ne pouvaient s'offrir le luxe de déménager.

– Je t'ai fait du café, papa.

– J'ai laissé tomber un de mes papiers, répondit le Pr Braintree. Excuse-moi de t'obliger à monter, ma chérie, mais j'en ai besoin.

– J'aimerais que tu cesses de travailler, papa, et que tu te reposes.

Tout en parlant, elle pensait, avec un petit serrement de cœur, que ce qu'il faisait n'avait aucune importance. Le Dr Medwin avait dit : « Ne lui dites pas la vérité. Laissez-le croire qu'il va aller mieux, jusqu'à ce que l'évidence s'impose. » « Souffrira-t-il... de façon très aiguë? » avait demandé Larentia. « J'essaierai de pallier les douleurs les plus vives. Mais vous vous doutez bien que les doses de médicaments devront être de plus en plus fortes et qu'il en arrivera à être incapable de penser et même de vous reconnaître. »

Larentia avait blêmi, mais elle ne s'était pas récriée, et le médecin avait admiré son sang-froid.

– Il faut que vous fassiez ce qui est... le mieux pour papa, avait-elle dit. N'existe-t-il aucun moyen de... le sauver?

– Il y a une petite chance, s'il va à l'hôpital, mademoiselle Braintree.

– Non! Pas l'hôpital! avait dit Larentia d'un air horrifié. J'ai entendu raconter trop d'histoires par des gens du voisinage sur ce qu'ils y avaient subi, ou plutôt sur les souffrances de leurs parents. Le taux de mortalité y est effarant!

– C'est vrai, avait approuvé le Dr Medwin. C'est pourquoi, en raison de la grande admiration et de l'immense respect que j'ai pour votre père, je préférerais qu'il meure dans son lit.

– Moi aussi, mais... n'y a-t-il... aucun autre moyen?

Lentement, en cherchant ses mots, le médecin avait expliqué, comme il l'avait fait à Harry, que le seul espoir était de payer un chirurgien comme Sheldon Curtis qui utilisait les méthodes de Lister contre l'infection.

– J'ai entendu parler de ce Dr Lister, avait dit Larentia de sa voix douce, et papa s'est beaucoup intéressé aux travaux qu'il a faits à Edimbourg.

– C'est une méthode révolutionnaire! s'était exclamé le Dr Medwin. (Puis, après une pause, il avait ajouté :) Je suppose qu'il n'y a aucune chance, mademoiselle, que vous puissiez vous procurer les deux cents livres nécessaires pour pressentir le Dr Sheldon au sujet de votre père?

Larentia avait fait un petit geste d'impuissance de la main.

– Il nous serait impossible de trouver une telle somme. Les parents de papa sont presque tous morts, et ceux qui sont encore en vie sont aussi pauvres que nous. (Elle avait réfléchi un moment avant de poursuivre :) Comme vous le savez, cette maison ne nous appartient pas, nous n'en sommes que locataires, et nous ne possédons aucun objet de valeur dont la vente atteindrait une telle somme.

– C'est bien ce que je craignais.

– Papa n'en est encore qu'à la moitié de son dernier livre et, même s'il le terminait, je doute que les éditeurs nous consentent une avance aussi considérable.

Elle avait émis un bruit curieux, comme un gémissement.

– Ce qu'on a écrit sur papa dans les journaux est très flatteur, mais ses livres ne se vendent pas : ils sont trop savants, et peu de gens ont envie de lire des ouvrages sur la période médiévale, ni même son essai sur le roi Arthur, un héros légendaire qui m'a toujours fascinée.

– Et moi aussi, quand j'ai le temps de penser à lui, avait dit le Dr Medwin en souriant.

Il avait regardé Larentia et l'avait trouvée très belle.

Katie King avait le genre de séduction flamboyante qui est l'apanage des gens du spectacle et, quand elle était en bonne santé, avec ses yeux brillants, sa bouche rouge rieuse et son nez retroussé et mutin, elle était attirante et les hommes se retournaient sur elle.

Larentia avait un genre de beauté différent.

Ses traits étaient d'une perfection presque classique, et ses grands yeux aux reflets verts, empreints de douceur et de bonté, conféraient à son visage une sorte de beauté spirituelle que le médecin n'avait encore jamais vue.

Il se surprit en train de se demander si ses cheveux étaient aussi longs que ceux de Katie King, puis il se dit qu'il n'avait guère le temps, avec son travail harassant, de penser aux jeunes femmes, si attirantes fussent-elles.

– Il faut que je me sauve, mademoiselle. Pardonnez-moi de vous apporter de si mauvaises nouvelles. J'aimerais tellement pouvoir me montrer optimiste et vous dire que votre père se remettra.

– Il ne doit jamais savoir, murmura Larentia. Je lui affirmerai que vous êtes certain qu'il sera bientôt sur pied et, quand vous repasserez nous voir, il faut que vous disiez la même chose.

– Vous êtes bien la fille de votre père. Je vous

admire autant que lui, et je ferai tout ce qui est en mon pouvoir pour l'empêcher de souffrir.

– Merci.

Il y eut un petit sanglot dans sa voix et des larmes emplirent ses yeux.

Elle cilla pour refouler ses larmes et reconduisit le médecin avant d'entrer dans la cuisine pour y préparer le café que son père appréciait quand il travaillait.

Elle ramassa alors le papier qu'il avait laissé tomber, le posa devant lui, puis s'assit sur une chaise et le regarda comme si elle le voyait pour la première fois.

Personne, pensait-elle, n'avait de père plus distingué. Ses cheveux gris, qui encadraient son front carré, et ses beaux traits semblaient appartenir à un autre âge et l'avaient toujours plongée dans le ravissement.

Elle imaginait sans peine comment sa mère avait pu tomber amoureuse de lui dès leur première rencontre, sentiment partagé immédiatement d'ailleurs.

– Ta mère était très belle, avait-il dit des centaines de fois à Larentia lorsqu'ils parlaient de la femme qu'ils avaient tous deux aimée. Elle avait du sang hongrois, ce qui, j'imagine, explique la beauté de sa chevelure qui était comme la tienne, mais d'une nuance plus soutenue. Je lui disais toujours qu'elle aurait fait un excellent modèle pour Boucher.

– Elle m'est toujours apparue comme une princesse de conte de fées, avait dit Larentia. Je me souviens que, parfois, quand vous sortiez ensemble pour dîner, je pensais que partout où vous iriez, les gens s'arrêteraient de parler pour regarder le couple que vous formiez.

Son père avait ri, puis il avait répondu avec une certaine gravité :

– Peux-tu imaginer ce que cela a signifié pour moi, de n'avoir rien d'autre que mon cerveau à offrir à ta mère quand elle a dit qu'elle voulait m'épouser?

– Je me souviens qu'elle m'en a parlé, elle disait que la seule chose au monde qui importait, c'était l'amour, et qu'elle était un million de fois millionnaire parce que tu l'aimais.

Elle avait vu quel plaisir ses paroles procuraient à son père.

– J'ai fait du bon travail aujourd'hui, dit-il alors, mais je me sens vraiment un peu fatigué, Larentia.

– Bois ton café, papa, puis essaie de te reposer. Il a fait un temps merveilleux cet après-midi et je vais m'asseoir dans le jardin, mais je ne resterai pas longtemps, au cas où tu aurais besoin de moi.

– Tu ne dois pas sortir seule dans la rue, à cette heure tardive.

– Bien sûr, papa. Tu sais que je t'ai promis de ne jamais le faire.

– Il faudrait que tu aies quelqu'un qui soit toujours avec toi, murmura le professeur d'une voix presque inaudible, mais comment pourrions-nous payer une domestique en ce moment? (Il y avait de l'inquiétude dans son regard quand il ajouta :) Quand ce livre sera fini, je suis sûr qu'il rapportera plus qu'aucun de mes autres ouvrages. Mon étude sur Arthur est très différente de ce que j'ai fait auparavant. Et j'estime qu'il est important qu'Alfred

Tennyson connaisse ce que j'ai découvert récemment.

– Je crois que M. Tennyson vit sur l'île de Wright depuis son mariage, dit Larentia avec froideur.

Elle ne souhaitait pas montrer à son père à quel point elle était profondément offensée : douze ans plus tôt, quand Alfred Tennyson travaillait sur *Les Idylles du Roi,* il avait sans cesse consulté son père et lui avait continuellement rendu visite.

Puis, une fois le livre publié, il avait complètement oublié l'aide que lui avait apportée le plus grand spécialiste en la matière.

Comme son père avait été blessé par l'indifférence de l'homme dont il admirait l'œuvre, ils n'avaient plus jamais parlé d'Alfred Tennyson. Mais il vint alors brusquement à l'esprit de Larentia qu'elle pourrait lui demander son aide.

« *La Charge de la Brigade Légère* doit avoir rapporté une fortune à M. Tennyson », pensa-t-elle.

Elle savait que *Le Saint-Graal et autres poèmes* était sorti cette année, mais elle ne pouvait se permettre d'en offrir un exemplaire à son père, aussi ne lui en avait-elle pas parlé pour ne pas éveiller sa curiosité.

« Je crois qu'Alfred Tennyson a complètement oublié l'existence de papa », se dit-elle avec amertume.

Puis, regardant le beau visage serein de son père, elle pensa qu'elle ne devait ni le bouleverser ni le tourmenter en évoquant la perfidie de ses amis ou de ses ennemis.

– Quand tu te seras reposé, papa, je te monterai ton dîner, et pendant que tu mangeras, je lirai à voix haute ce que tu as écrit aujourd'hui. Je suis sûre que ce sera passionnant et que j'en savourerai chaque mot.

– Tu m'encourages toujours, ma chérie, répondit le professeur.

Puis, en reprenant la tasse vide pour la poser sur le plateau, elle constata qu'il avait vraiment l'air très las et que l'effort qu'il faisait pour écrire lui pesait chaque jour davantage.

– Tu ne... souffres pas, papa? demanda-t-elle avec difficulté.

– Un peu, un peu. Ce n'est rien, répondit avec humeur le professeur.

Larentia n'insista pas. Elle traversa la pièce et baissa les stores afin d'empêcher le soleil de fin d'après-midi de pénétrer dans la chambre.

Puis elle descendit prudemment l'escalier, portant la tasse à café vide sur un plateau. Elle entendit alors frapper à la porte et se demanda qui cela pouvait bien être.

« Peut-être est-ce une lettre des éditeurs annonçant à papa qu'ils ont vendu de façon inattendue un grand nombre d'exemplaires de son dernier livre! »

Mais elle se dit bien vite qu'elle avait trop d'imagination.

Le livre qu'il avait écrit sur le roi Arthur, traduit du poème gallois *Y Gododdin,* ne s'était pas vendu pendant plus d'un an, ce qui signifiait que les libraires ne manquaient pas d'exemplaires et que cela n'intéressait pas le public.

Quand elle arriva en bas de l'escalier, on frappa de nouveau : elle se dirigea vers la porte, intriguée par tant d'impatience.

2

Larentia ouvrit la porte et, à sa grande surprise, se trouva face à un gentleman qu'elle n'avait jamais vu.

La plupart des amis de son père étaient d'un âge respectable, mais cet homme, bien qu'il ne fût pas jeune, ne pouvait certainement pas être classé dans cette catégorie.

Puis son sens aigu de l'observation lui fit remarquer que, s'il avait l'air apparemment élégant, on décelait chez lui des signes de pauvreté.

Les chaussures astiquées à l'extrême pour cacher les craquelures, les poignets amidonnés de sa chemise dont on avait coupé les bords, et une cravate nettement élimée à l'endroit du nœud.

Elle s'aperçut alors que le visiteur la regardait avec étonnement, étonnement qui la surprit par sa franchise, bien qu'elle fût habituée à susciter cette réaction.

Puis, alors qu'elle attendait, il retrouva sa voix.

– Vous êtes Mlle Braintree?

– Oui.

– Me serait-il possible de vous parler un moment en tête-à-tête? Je suis un ami du Dr Medwin.

Larentia sourit légèrement.

– Le Dr Medwin est un vieil ami de mon père.

– Je le sais, et c'est de votre père que je veux vous parler.

Larentia ouvrit la porte en grand, et Harry Carrington pénétra dans l'entrée.

Elle sembla hésiter un instant, puis elle lui dit à voix basse :

– Mon père se repose et, s'il nous entend parler ici, il risque de ne pas s'endormir. J'allais dans le jardin.

– Je serais très heureux de vous y accompagner.

Elle lui sourit de nouveau et il se dit que, jamais de sa vie, il n'avait vu quelqu'un d'aussi beau; elle avait en effet la même couleur de cheveux que Katie mais un genre de beauté différent.

Il sentait confusément qu'il y avait chez la jeune fille quelque chose qu'il n'avait jamais rencontré chez une femme et, qui en la suivant, il cherchait à définir :

« Katie devait être ainsi quand elle a débarqué à Londres », se dit-il, et il trouva soudain le mot qu'il cherchait : elle était pure ».

Il se fit la réflexion que « jardin » était un terme plutôt prétentieux pour désigner ce coin de terre, protégé des regards indiscrets par un mur et où ne poussaient qu'un acacia solitaire et quelques arbustes chétifs.

Mais il y avait un banc de bois, dos à la maison et, quand Larentia s'y assit, le soleil illumina ses cheveux et donna au jardin une beauté toute nouvelle.

Il s'assit à côté d'elle.

Il enleva son chapeau et le posa par terre près de lui et elle remarqua que ses cheveux cosmétiqués, encadrant un front assez bas, brillaient du même éclat que ses chaussures.

Elle se demanda ce qu'il pouvait bien avoir à lui dire et si, puisqu'il se disait ami du Dr Medwin, il appartenait aussi au corps médical.

Puis, comme s'il cherchait ses mots, Harry dit enfin :

– Ne me taxez pas d'insolence, mademoiselle, si je vous dis à quel point j'ai été désolé d'apprendre que votre père était malade.

Il remarqua la lueur d'affliction qui passa dans le regard de Larentia, mais elle se contenta de répondre d'une voix basse :

– Merci. Si vous parlez à mon père, je vous en prie, n'y faites pas allusion. Il ne sait pas à quel point... il est atteint.

– Je connais trop bien les méthodes du Dr Medwin pour agir ainsi. Jusqu'au dernier moment, il laisse un espoir à ses malades.

– Je suis sûre que c'est ce qu'il y a de mieux à faire.

– Je pense que le Dr Medwin a dû vous dire, poursuivit Harry, que, si vous en aviez les moyens, il y aurait une chance de sauver la vie de votre père en le faisant opérer par le Dr Sheldon Curtis.

Il vit le chagrin emplir les yeux de Larentia mais elle répondit simplement :

– C'est ce qu'il m'a dit, mais c'est... impossible.

– C'est impossible aussi à une amie à moi qui devrait être traitée de la même façon.

– Votre amie a... un cancer?

La question était presque inaudible, comme si Larentia avait peur de prononcer ce mot.

– C'est ce qu'a découvert le Dr Medwin. Mais il m'a offert, comme je sais qu'il vous l'a offert à vous-même, le choix entre deux solutions : la faire entrer à l'hôpital, ou trouver l'argent pour payer le seul chirurgien capable de lui sauver la vie.

Larentia aspira profondément.

– C'est exactement ce qu'il m'a dit pour papa, mais je ne vois aucune possibilité de trouver une telle somme, et alors... j'en suis réduite à veiller sur lui en espérant qu'il... ne souffrira... pas trop.

Sa voix se brisa sur ces derniers mots, et elle serra les poings comme pour recouvrer son sang-froid.

Harry hocha la tête.

– Mon amie est exactement dans la même situation. Elle s'appelle Katie King, et elle était actrice, ou plutôt danseuse au Gaiety.

– Je suis désolée pour elle.

– Elle n'a que vingt-trois ans, et elle ne veut pas mourir.

– C'est horrible ! Quelqu'un trouvera sûrement un jour un remède contre cette effroyable... maladie.

– Espérons-le, dit gravement Harry. En attendant, je veux sauver Katie King et vous voulez sauver votre père. J'ai une idée sur la façon dont, avec votre aide, on pourrait y parvenir.

Larentia ouvrit de grands yeux.

– Je ferais n'importe quoi... n'importe quoi... pour sauver papa.

– C'est ce que j'espérais vous entendre dire, mais je dois vous demander si vous êtes capable de jouer la comédie.

– Jouer la comédie? Vous voulez dire sur scène?

– Pas exactement sur scène, mais néanmoins feindre d'être quelqu'un d'autre et jouer le rôle si intelligemment que vous puissiez faire croire aux gens que vous êtes celle que vous prétendez être.

– Je crains de... ne pas... comprendre.

– Avez-vous joué dans une pièce, à l'école ou ailleurs?

– Je crains que non. Mais j'ai lu les conférences de mon père quand il avait mal à la gorge, ce qui lui arrive souvent en hiver.

– Parfait! s'exclama Harry. Cela prouve que vous n'avez pas le trac.

– Pas vraiment, bien qu'il soit assez effrayant de s'adresser à des érudits ou à des étudiants, toujours prêts à critiquer la façon dont on prononce les mots les plus obscurs, surtout quand c'est en latin ou en gallois!

Harry la regarda avec surprise, mais il ne voulait pas s'écarter du sujet, aussi poursuivit-il simplement :

– Je pense que nous avons établi, mademoiselle, que vous pouviez, surtout si vous y étiez décidée, jouer le rôle d'une femme qui a été trompée.

Il s'arrêta comme s'il s'attendait à une réaction de sa part; au bout d'un moment, elle dit en hésitant un peu :

– Voudriez-vous... je vous en prie, m'expliquer... ce que vous me demandez de faire?

– Ce que je vous demande, en vérité, c'est de vous procurer assez d'argent pour payer une opération qui donnera à la fois à votre père et à Katie King une chance de vivre normalement plutôt que mourir dans d'horribles souffrances.

Il entendit Larentia prendre une profonde inspiration comme si cette perspective la blessait, et il poursuivit :

– Il y a six ans, alors qu'elle n'avait que dix-sept ans, le duc de Tregaron a épousé Katie King, comptant qu'elle lui donnerait le fils qu'il désirait si éperdument avoir. (Il regarda Larentia et se rendit compte qu'elle l'écoutait attentivement. Il enchaîna donc :) Comme elle n'eut pas d'enfant, il l'abandonna et, leur mariage étant resté secret, il lui versa une pension annuelle pour qu'elle ne révélât pas qu'il l'avait épousée. (Harry eut un geste irrité et poursuivit :) Bien entendu, comme elle était jeune et étourdie, elle accepta ses conditions qui étaient loin d'être généreuses. En fait, le duc étant un homme très déplaisant, il s'était montré extrêmement avare. Mais, parce qu'elle a le sens de l'honneur et de la droiture, elle ne revint jamais sur sa parole, et ce n'est que tout récemment que moi, qui suis l'être au monde le plus proche d'elle, j'ai appris qu'elle était en vérité la duchesse de Tregaron.

– Dans ce cas, elle peut sûrement envisager cette opération! s'exclama Larentia.

– Ce n'est pas si facile que cela, répondit Harry. Vous comprenez, le duc est malade depuis un certain temps – en fait, les journaux disent qu'il est mourant – et, en conséquence, Katie n'a plus reçu d'argent et elle ne sait pas au juste si elle continuera à en recevoir.

– Mais c'est impossible! Elle peut certainement s'adresser aux hommes de loi du duc.

Harry hocha la tête.

– Je vous ai dit que Katie est une femme d'honneur. Elle a donné sa parole au duc – plus exactement, il la lui a arrachée – qu'elle ne parlerait jamais de leur mariage à quiconque. Comme elle a accepté l'argent ces six dernières années, elle a l'impression que, même à la dernière extrémité, elle ne doit pas le trahir.

– C'est très noble de sa part, fit remarquer Larentia.

– Je pensais que telle serait votre réaction, répliqua Harry.

– Mais... que me demandez-vous... de faire ?

– Je vous demande, précisa Harry, d'aller au château des Tregaron pour réclamer à la famille ce qui revient légitimement à Katie.

– Mais ne pourrait-elle le faire elle-même ? Ou si elle ne va pas bien, ne pourriez-vous le faire à sa place ?

– Je vous le demande à vous, mademoiselle, parce que Katie et vous avez la même couleur de cheveux et que vous vous ressemblez un peu, et que vous pouvez prétendre être la duchesse de Tregaron.

Harry avait parlé très calmement, mais cela fit à Larentia le même effet que s'il avait fait éclater une bombe à ses pieds.

Elle le regarda avec incrédulité. Puis elle dit d'une voix à peine audible :

– Vous... me demandez... de prétendre que... je suis la femme du duc ?

– Quand vous arriverez là-bas, ce sera feu le duc, alors il n'y a aucune chance qu'il se rende compte que vous n'êtes pas sa femme.

– Je ne peux pas... faire cela... comment le pourrais-je?

Il y eut un silence. Puis Harry dit, d'une voix changée :

– Peut-être me suis-je trompé, mais je croyais que vous aimiez votre père.

– Je l'aime! Bien sûr que je l'aime! Il est tout ce que j'ai au monde.

– Alors c'est le seul moyen de lui sauver la vie.

– Mais... je ne serais pas capable de... donner le change... je ne serais pas... convaincante... je ne pourrais pas... c'est impossible!

Harry se pencha pour ramasser son chapeau.

– Il faut que vous me pardonniez, mademoiselle, de vous avoir fait perdre votre temps. J'espérais un peu que vous seriez assez courageuse pour sauver deux personnes de la mort. Je regrette de vous avoir importunée.

Il allait s'éloigner mais Larentia poussa un petit cri.

– Non... je vous en prie... je vous en prie... asseyez-vous et laissez-moi... réfléchir! Ce que vous avez proposé... m'a troublée.

Avec une feinte réticence, Harry se rassit, mais il garda son chapeau à la main comme si, à tout instant, il était prêt à s'en couvrir.

Au bout d'un moment, Larentia dit d'une voix mal assurée :

– Comment pourrais-je... convaincre les parents du duc... que je suis la... duchesse?

– Vous pouvez emporter le certificat de mariage de Mlle King et une lettre du duc qui fait allusion à leur mariage. Dans cette lettre, il dit à quel point il espère qu'elle lui donnera un fils.

– Quel âge... a Mlle King... maintenant?

– Comme je vous l'ai dit, vingt-trois ans. Elle a l'air très jeune et je suis sûr qu'il ne vous sera pas difficile de paraître le même âge.

– Non... je suppose que non.

– Je vous dirai, bien entendu, dans quel music-hall travaillait Mlle King quand elle a rencontré le duc, et je vous donnerai le nom des restaurants où ils soupaient, et le titre des spectacles dans lesquels elle a dansé depuis au Gaiety Theatre. Mais il n'est nul besoin de vous dire, mademoiselle, que vous commettriez une erreur en parlant trop de vous.

– Oui... oui... bien sûr.

– Ce que je désire, c'est que vous vous rendiez au château des Tregaron et que vous demandiez à voir l'aîné des nombreux parents du duc. Je rechercherai leurs noms, il se trouve que je sais qu'une de ses sœurs est la marquise douairière de Humber. Pour le moment, je ne me souviens pas des autres. (Harry fronça légèrement les sourcils en prenant un air concentré, puis, comme si cela n'avait pas d'importance, il poursuivit :) Vous montrerez à la marquise les papiers que je vous donnerai, et je suis absolument certain qu'elle sera scandalisée et horrifiée d'apprendre que le duc avait une vie secrète dont ils ignoraient tous l'existence.

– Et s'ils... me mettent à la porte? demanda Larentia.

– Il est peu probable qu'ils le fassent alors que vous pouvez prouver que vous êtes la femme du duc.

– Et s'ils déchirent... le certificat... de mariage?

– Le mariage doit figurer sur le registre de l'église où il a été célébré, mais je crois qu'il y a peu de chances que la marquise se conduise de façon aussi inconsidérée. Non, mademoiselle, elle paiera, c'est certain.

– Cela signifie-t-il qu'on doit me donner une grosse somme?

– Une très grosse somme! dit Harry d'un ton ferme. Pour la simple raison que vous n'allez pas demander la petite allocation annuelle que le duc versait à sa femme, mais le versement d'un capital substantiel en échange de quoi vous promettrez de disparaître à jamais de leur vie.

– Tout ce dont nous avons réellement besoin, c'est d'une somme suffisante pour couvrir les frais des deux opérations, dit vivement Larentia.

– Katie en veut bien davantage, répliqua Harry. Pouvez-vous imaginer dans quelle situation elle s'est trouvée, sachant que, parce qu'elle avait épousé le duc alors qu'elle était trop jeune et inconsciente, elle ne pourrait jamais épouser quelqu'un d'autre? (Harry prit un ton confidentiel.) Je n'ai pas besoin de vous dire que, parce qu'elle est très belle, comme vous, elle a été l'objet de fabuleuses propositions de la part d'hommes qui l'avaient vue danser et qui étaient par la suite tombés amoureux d'elle. (Il soupira et demanda :) Mais pouvait-elle faire autrement que refuser sans explication, laissant ces hommes désorientés et, dans nombre de cas, amers, parce qu'ils ne pouvaient comprendre les raisons de son refus?

– Oui, évidemment, il devait être très fâcheux de se trouver dans une situation pareille.

– Or, pour comble de malheur, alors qu'elle avait devant elle un avenir brillant au théâtre, elle a été terrassée par la maladie. Si vous voyiez l'état dans lequel elle se trouve, vous en pleureriez.

Il y eut un sanglot dans la voix de Harry, et c'était très émouvant.

– Je suis... désolée... vraiment... vraiment désolée.

– Exactement comme Katie a été désolée pour vous en apprenant que votre père allait mourir – si nous ne pouvons les sauver tous les deux.

– Etes-vous absolument certain de... pouvoir... compter sur moi ? demanda Larentia.

– Maintenant que j'ai fait votre connaissance, mademoiselle, je sais que non seulement vous êtes belle, mais que vous êtes aussi intelligente que votre père.

– Bien que ce ne soit pas la vérité, vous ne pouviez rien dire qui me fasse plus plaisir. Mais ce que vous me demandez de faire est une chose... vraiment effrayante. En outre... quelle explication donnerai-je à papa ?

– J'y ai réfléchi, répondit Harry. La première chose à faire est d'emprunter l'argent pour l'opération de Katie et de votre père car, comme a dû vous le dire le Dr Medwin, plus tôt elle aura lieu, plus elle aura de chances de réussir.

– Vous voulez dire, intervint Larentia avec un feu soudain dans le regard, que papa pourrait consulter immédiatement le Dr Curtis ?

– Dès que je me serai procuré l'argent. Mais si vous êtes d'accord pour faire ce que je vous demande, je vous enverrai quelqu'un. Ce n'est pas un homme très sympathique, mais il est riche et, s'il nous prête de l'argent, il faudra que nous le lui rendions.

– Bien entendu.

Puis Larentia le regarda et lui dit, avec perspicacité :

– J'ai l'impression, monsieur Carrington, que vous voulez parler d'un usurier...

– Je savais bien que vous étiez intelligente, mademoiselle.

– Papa m'a toujours dit que ces hommes-là étaient dangereux et exigeaient un taux d'intérêt très élevé.

– La seule solution est de lui donner ce qu'il réclame, lança Harry avec fermeté, et si l'opération réussit, cela importe-t-il?

– Non, bien sûr que non. Combien voulez-vous que je demande?

– Cinq mille livres!

Harry remarqua la stupéfaction de Larentia.

– Cinq mille... livres? bégaya-t-elle. Il me serait... impossible de... demander... une telle somme.

Harry sourit.

– Le duc de Tregaron dépense sans aucun doute bien davantage pour ses chevaux de course chaque année. C'est un homme immensément riche qui possède des propriétés dans toute la région ainsi que des œuvres d'art sans égal au monde. Je suis absolument sûr que, plutôt qu'exposer la famille au scandale... vous vous rendez compte, une duchesse qui a été girl dans un music-hall... ils ne seront que trop heureux de payer. (Il y avait une certaine dureté dans la voix de Harry quand il ajouta :) Si le duc avait reconnu Katie comme sa femme, pouvez-vous imaginer à quoi elle eût pu prétendre à sa mort?

– Oui... je comprends.

– Je propose la chose suivante : quand nous aurons remboursé l'argent que nous avons emprunté, vous aurez droit à un tiers de ce qui restera.

– Vous êtes vraiment certain que cela ne contrariera pas Mlle King de me laisser une part aussi importante ? demanda Larentia.

– Je sais que Mlle King vous sera extrêmement reconnaissante de lui avoir sauvé la vie, comme vous sauvez celle de votre père. Quand elle pourra reprendre son travail, rien d'autre n'aura d'importance. Il vous faut penser à votre père, mademoiselle, car je doute qu'il soit capable de travailler pendant un certain temps après l'opération.

– Merci, mais, je vous en prie, faites l'impossible pour que... je ne commette pas... d'erreurs.

Harry sourit.

– Je vous promets que votre texte sera bien écrit. Je le reverrai avec vous dans les moindres détails pour que vous puissiez me poser des questions sur tout ce qui vous inquiétera. L'essentiel, c'est que vous ayez confiance en vous, mademoiselle. C'est important pour une actrice, quel que soit le rôle qu'elle interprète.

– Bon... j'essaierai, dit humblement Larentia, mais je suis... très timide... et je suis sûre que je vais commettre... beaucoup d'erreurs.

– Pas autant que Katie n'en commettrait dans la même situation. N'oubliez pas que vous avez reçu une éducation très différente de la sienne.

Il lut l'interrogation dans le regard de Larentia et précisa :

– Je vous dirai tout sur elle et sur le combat qu'elle a mené pour entrer au Gaiety mais, dans l'immédiat, il faut que je me débrouille pour emprunter l'argent et le remettre au Dr Medwin afin qu'il conduise votre père et Katie chez le chirurgien le plus vite possible.

– C'est tout ce qui importe, acquiesça Larentia, car je vois la santé de papa... s'altérer chaque jour... un peu plus.

– Exactement comme celle de Katie, dit Harry presque à voix basse. (Il se leva et lui tendit la main.) N'ayez pas l'air si soucieuse, mademoiselle Braintree. Je sais que vous serez magnifique et quand vous penserez non pas à vous mais à ceux que nous aimons tous deux, vous vous apercevrez que c'est bien plus facile qu'il n'y paraît maintenant.

– Je l'espère, dit Larentia simplement.

Le dîner, dans la somptueuse demeure du comte de Roques, aux Champs-Elysées, avait été délicieux, et la conversation follement passionnante et spirituelle.

« Voilà bien longtemps, pensait Justin Garon, que je ne m'étais autant amusé. »

Il trouvait que l'esprit et le sens de la repartie des Français créaient une ambiance bien différente de celle des grands dîners anglais où les conversations sont toujours un peu gourmées.

De plus, il s'était produit, ce soir-là, un incident divertissant : la comtesse de Roques lui avait clairement laissé entendre qu'elle était prête à lui offrir un autre genre de distraction que celle dont il profitait à la table de son mari.

Elle était très attirante, douée de cette joie de vivre caractéristique des Français et, lors de leurs deux précédentes rencontres, Justin Garon avait senti qu'elle l'avait choisi pour l'honorer de faveurs qu'elle n'accordait qu'exceptionnellement.

Bien qu'il fût un ami de l'époux, il savait bien qu'il ne le trahirait en aucune façon en devenant l'amant de sa femme.

Tout Paris savait que le comte dépensait son temps et son argent pour la séduisante Mme Mustard, au premier rang des célèbres demi-mondaines dont les extravagances choquaient l'Europe entière.

C'était à l'époque du Second Empire et la haute société affichait volontiers ses liaisons.

L'empereur ne faisait pas mystère de ses aventures amoureuses et son cousin, le prince Napoléon, exhibait ses maîtresses au vu et au su de tous.

Mme Mustard devait son immense fortune à son amant, le roi des Pays-Bas, qui était follement amoureux d'elle.

Cependant, Sa Majesté devait s'absenter de temps en temps et sacrifier à ses obligations royales. Le comte de Roques prenait alors sa place et arrondissait la coquette fortune de Mme Mustard en lui offrant chevaux, équipages et bijoux, bien qu'elle fût la dame de la vie galante qui en possédât le plus.

Justin Garon était assis à la droite de la comtesse qui profita que la conversation, axée sur la politique, eût fait monter le ton un peu haut, pour lui glisser :

– Voudriez-vous dîner avec moi demain?

– Pourrez-vous supporter ma compagnie deux jours de suite? demanda Justin Garon.

Il connaissait d'avance la réponse et, avec une évidente expression d'amusement dans le regard, il fit la grimace.

La comtesse était très attirante mais il préférait comme la plupart des Anglais prendre l'initiative.

– Jacques doit sortir, précisa la comtesse, et je pensais que nous pourrions dîner en tête-à-tête.

Le regard qu'elle lui jeta ne laissait pas subsister la moindre équivoque sur ce que cela signifiait mais, alors que Justin hésitait à répondre, le comte lui demanda son avis sur un sujet qui divisait ses hôtes, ce qui mit fin à cet instant d'intimité.

Plus tard dans la soirée, le comte dit à son ami :

– Je voudrais vous montrer quelque chose, Justin... quelque chose que vous admirez, je le sais, et que vous verrez dans cette maison pour la dernière fois.

Sur le moment, Justin Garon ne comprit pas de quoi il parlait. Mais, quand ils se dirigèrent vers un des salons fermés aux invités ce soir-là, il sut que le comte l'emmenait voir un tableau qui, de toute la collection de Roques, était celui qu'il préférait.

En fait, il ne venait jamais à Paris sans demander à le voir.

Il ne s'y méprit pas quand ils pénétrèrent dans le salon où l'éclairage au gaz, qui venait d'être installé, illuminait une toile de François Boucher intitulée *Le Bain de Diane.*

C'était un tableau qui troublait toujours Justin Garon. La déesse Diane, avec son nez si délicat et son profil classique, était assise nue sur un fond de soie bleue – la couleur préférée du peintre.

Cela mettait en valeur les nuances exquises de sa chair et, plus encore, l'or roux de ses merveilleux cheveux.

L'ensemble du tableau, avec le serviteur de Diane

accroupi à côté d'elle, était si parfait dans ses moindres détails – tel un superbe portrait de la beauté idéale – que Justin Garon le contempla avec le sentiment que Diane elle-même tendait la main pour lui offrir quelque chose qui le touchait au plus profond du cœur.

Il admira la toile pendant quelques minutes puis demanda :

– Avez-vous dit que je ne la verrais plus ici?

– Je l'ai vendue, répondit le comte.

– Comment avez-vous pu faire cela?

– Le Musée du Louvre m'en a offert un bon prix, et j'ai besoin d'argent.

Un instant, Justin Garon faillit dire à son ami qu'il n'était qu'un pauvre imbécile.

Comment avait-il pu vendre une chose si inestimable, à seule fin de gaspiller la somme qu'il en tirerait pour une femme qui extorquait de l'argent à son amant comme un tribut payé à sa personne?

Il avait l'étrange sentiment qu'on ne pouvait vendre la Diane de Boucher pour de l'argent, mais uniquement par amour.

Puis il pensa que son ami ne comprendrait pas.

Ils restèrent tous deux silencieux, presque comme devant un reliquaire, à regarder Diane, le croissant sur son front, et les courbes de son corps qui n'avait pas encore atteint la pleine maturité.

– Elle me manquera, dit le comte avec un léger soupir.

– A moi aussi, répliqua Justin Garon.

Il savait que Diane ne serait plus jamais la même dans le décor impersonnel d'un musée. Sa beauté avait besoin d'un foyer, d'un cadre plus intime, d'une atmosphère s'accordant à sa douceur et à sa féminité.

Puis Justin Garon se dit qu'il était ridicule : il songeait à Diane comme s'il s'agissait d'un être humain et non d'un simple personnage mythique, peint par un artiste possédant un sens de la beauté qu'aucun autre portraitiste de la femme n'avait égalé.

En sortant du salon, il pensa qu'il lui serait impossible de faire l'amour avec la comtesse dans une maison où se trouvait la femme qui incarnait tous ses rêves.

Il imaginait mal comment il pourrait expliquer son refus de l'invitation à un dîner en tête-à-tête pour le lendemain ou pour tout autre soir.

Tandis qu'ils traversaient l'entrée pour rejoindre les autres invités dans le salon, un domestique s'approcha de Justin.

– Pardon, monsieur, mais il y a quelqu'un qui veut vous voir. Il a demandé à vous parler, monsieur. Il est dans l'antichambre.

Le domestique ouvrit une porte. Justin Garon pénétra dans la pièce; il reconnut immédiatement l'homme qui l'attendait et sut pourquoi il était venu.

Partant pour ce qu'elle savait être un long voyage, Larentia se sentait plus effrayée qu'elle ne l'avait été de toute sa vie.

Une partie d'elle-même chantait de bonheur parce que, la veille, elle avait conduit son père à la clinique du Dr Sheldon Curtis, dans le nord de Londres.

On lui avait attribué une petite chambre et l'infirmière qui devait s'occuper de lui était une femme entre deux âges, au visage sympathique.

Dès qu'elle vit le Dr Sheldon Curtis, elle sut qu'elle pouvait lui faire confiance.

Après qu'elle eut fait ses adieux à son père, elle alla dans le bureau du chirurgien qui désirait s'entretenir avec elle.

– Il ne faut pas vous inquiéter, mademoiselle, dit-il. Le Dr Medwin m'a tout raconté sur votre père, et je n'ai aucune raison de douter que, dans trois ou quatre semaines, je vous le renverrai avec une espérance de vie d'encore vingt ou trente ans et toutes les chances de poursuivre son œuvre magnifique.

– Vous avez entendu parler de mon père? demanda Larentia.

– Je ne peux prétendre avoir lu beaucoup de livres de lui, mais je sais de quelle estime il jouit parmi ceux qui s'intéressent à l'histoire médiévale.

– J'espère que vous le lui direz. Il est parfois abattu car il a l'impression qu'on se désintéresse de son œuvre.

– Ce qui est faux, répondit le Dr Curtis. Et je ferai de mon mieux pour le convaincre de son importance dès qu'il sera assez bien pour m'écouter.

Ils allaient se séparer quand Larentia ajouta :

– Je voudrais vous demander quelque chose. (Le chirurgien attendit.) Il faut que je m'absente... pour quelques jours... il se peut que ce soit... davantage. Pourriez-vous me trouver une... excuse afin que mon père... ne s'inquiète pas... ne s'interroge pas sur les raisons qui... m'empêchent d'être à son chevet?

– Oui, bien sûr. Il me sera très facile de prétexter que je vous ai éloignée parce que vous aviez un rhume. J'interdis à mes patients le moindre contact avec une infection, quelle qu'elle soit.

– Merci beaucoup. Je reviendrai dès que possible.

– Je n'en doute pas, mademoiselle et surtout tâchez de ne pas vous inquiéter. Ayez foi en moi et en la volonté de vivre de votre père.

– Oui, répondit-elle.

Elle adressa au Dr Curtis un petit sourire courageux; il pensa qu'il n'avait jamais vu de fille plus belle ni rencontré quelqu'un dont le comportement admirable lui inspirât un tel respect.

Il détestait les parents qui pleuraient, sanglotaient et bouleversaient ainsi les malades sur le point de subir une opération.

Avant de se rendre à la clinique, Larentia avait demandé à Harry Carrington si elle pouvait parler à Katie.

– Je crois que ce serait une erreur, dit-il, et, pour être franc avec vous, mademoiselle, je n'ai pas encore prévenu Katie que vous aviez l'intention de vous faire passer pour elle afin d'obtenir l'argent dont nous avons tant besoin. J'ai pensé que cela pourrait l'impressionner.

– Je comprends, dit Larentia, mais quand tout sera fini, peut-être aurai-je le plaisir de faire la connaissance de Mlle King et de lui dire combien j'ai trouvé difficile de jouer un rôle qu'elle aurait pu interpréter tellement mieux?

Harry Carrington ne confia pas à Larentia que Katie avait dit, avant même qu'il y pensât :

– Vaut mieux que la fille Braintree ne fasse pas ma connaissance.

– Pourquoi? avait demandé Harry.

– Je ne suis pas une imbécile, Harry. Tu m'as dit que c'était une dame, alors ce qu'elle a de mieux à faire, c'est d'être elle-même. Si elle essaie de prendre des manières vulgaires, elle gâchera tout. Tu le sais aussi bien que moi.

– Tu es très maligne, ma Katie, avait-il répliqué en embrassant le bout de son petit nez.

C'était Katie qui l'avait aidé à rédiger la lettre dans laquelle le duc était censé avoir exprimé à quel point il désirait un fils et ce qu'il était prêt à faire pour la femme qui lui en donnerait un.

– Non! Il ne parlait pas comme ça, Harry, répétait Katie. S'il pouvait se montrer excessivement mielleux quand il pensait pouvoir obtenir quelque chose, au fond de lui-même, il était dur comme un roc. C'était un aigle à deux têtes, ne l'oublie pas!

– Il faut que la lettre paraisse convaincante, insistait Harry, et personne ne doit soupçonner que l'écriture est imitée. Dieu merci, tu as gardé toutes ses cartes!

– Mon seul espoir est que Bodger soit aussi talentueux que tu le prétends.

– C'est le meilleur faussaire de Londres, répliqua Harry, et je t'assure que ce certificat de mariage passera n'importe où.

– Est-ce que tu t'es arrangé pour que le mariage soit enregistré à l'église?

– Oui, bien entendu! répondit Harry. Et où crois-tu que, selon nous, M. le duc s'est trouvé pieds et poings liés par les liens sacrés du mariage?

– Je n'en ai aucune idée.

– A la cathédrale de Southwark.

Katie se mit à rire.

– Toujours ce qu'il y a de mieux!

– A mon avis, c'est ce que le duc aurait choisi, et l'évêque est mort depuis trois ans : donc aucun moyen de savoir s'il vous a ou non mariés sans tambour ni trompette, dans le plus grand secret!

– Comment avez-vous pénétré dans la cathédrale et trouvé le registre?

– Bodger est entré par effraction dans la sacristie et l'a trouvé à l'endroit présumé. Nous avons inséré les noms et... tout va bien! Qui pourrait avoir le moindre soupçon?

– Personne, je l'espère, dit vivement Katie.

Elle se montra très exigeante, mais elle dut reconnaître que la fausse lettre du duc était bien dans son style, et sa signature, copiée sur les cartes accompagnant les fleurs qui avaient suscité l'envie de toutes les filles dans les loges, parfaitement imitée.

– Cela convaincra Isaac Levy et il paiera, affirma Harry.

– Je dois dire, fit remarquer Katie, qu'il a été chic de prendre le risque de tabler sur notre réussite.

– Il nous traite exactement comme le fait un usurier, répondit sèchement Harry. Il ne nous restera pas grand-chose quand il aura pris ses bénéfices.

– Ce sera bien suffisant quand je pourrai retourner au théâtre! s'écria Katie. Je sais... j'en ai le pressentiment, Harry, que j'aurai mon nom en grosses lettres au-dessus de l'entrée du Gaiety, exactement comme tu me l'as dit.

Elle avait tout d'abord été incrédule quand Harry lui avait avoué que, sans l'opération, elle n'avait aucune chance de s'en sortir; il lui avait expliqué qu'avec l'aide de Larentia Braintree, ils soutireraient l'argent à la famille du duc, et qu'elle vivrait!

– Tu vas vraiment prétendre qu'il m'a épousée? avait-elle demandé.

Le comique de la situation ne lui apparut pas immédiatement; puis tout à coup, elle rit aux larmes.

– Peux-tu l'imaginer, ce vieux salaud prétentieux, épousant une vulgaire girl de music-hall, ou plutôt une danseuse qui fait un numéro de trois minutes?

– Qui sait? Si tu lui avais donné un fils peut-être l'aurait-il fait?

– C'est possible. Quel drôle de monde, tu ne trouves pas? Quand on pense à toute la peine que je me suis donnée pour ne pas avoir de gosse avec toi.

– Que Dieu nous en préserve! s'écria Harry. Deux bouches à nourrir, c'est déjà assez de tracas, et que le diable m'emporte si je devais passer mon temps à la maison à dorloter le bébé pendant que tu lèverais la jambe sur le Strand!

Cette idée fit rire Katie et, cette fois, Harry l'imita.

Puis ils reprirent leur sérieux pour dresser une liste des choses que Larentia devrait connaître en tant que girl au Gaiety.

– Ce n'est pas la peine de trop fignoler, dit Katie. Somme toute, les Garon, et surtout la marquise, ne doivent pas savoir ce qui se passe dans les coulisses d'un music-hall.

– Ce n'est pas le genre d'endroit qu'elle doit fréquenter, approuva Harry.

– Il faut néanmoins que la fille ait l'air de savoir de quoi elle parle.

Harry hocha la tête en signe d'assentiment.

De son écriture un peu tarabiscotée mais révélant l'homme instruit qu'il était, il établit une liste des choses dont Larentia devrait se souvenir, puis il la pria de la détruire après l'avoir apprise par cœur.

– Il ne faut pas que vous laissiez traîner quoi que ce soit, dit-il, et n'oubliez pas que, passé le choc d'apprendre qui vous êtes, ils vont essayer de découvrir ce que vous savez exactement du duc, et vraisemblablement d'eux.

– Pourquoi voudraient-ils le savoir? demanda Larentia.

– Parce qu'ils voudront s'assurer qu'il vous a vraiment épousée. Aucun homme ne se marierait sans parler à sa femme de son milieu familial.

– Non... évidemment, dit Larentia.

Elle était si absorbée par l'idée de faire entrer son père à la clinique et de trouver une explication plausible pour le convaincre de se faire opérer par un chirurgien privé, qu'elle s'oubliait complètement.

Harry lui avait suggéré de raconter à son père qu'un de ses admirateurs, qui ne désirait pas révéler son nom, l'avait contactée. Il avait entendu parler de la maladie du professeur par le Dr Medwin et il avait versé l'argent anonymement.

Comme Harry lui servit presque la même fable, le Dr Medwin n'en crut pas un mot.

– Allons, qu'est-ce que c'est que cette histoire?

demanda-t-il. D'abord Mlle Braintree, puis vous, Carrington, vous amenez avec deux cents livres, alors que c'était bien la dernière chose à laquelle je m'attendais.

– Il n'y a pas de raisons d'entrer dans les détails. Tout ce que nous vous demandons, c'est de croire ce que vous a dit Mlle Braintree.

– Si c'est un coup fourré, Carrington, et si cela lui crée des ennuis, je vous tuerai de mes propres mains!

– Je sauve la vie de son père, répondit Harry d'un air de défi.

– Ce n'est pas ce que je vous demandais, répliqua le médecin, et très franchement, je soupçonne que vous mijotez quelque chose.

– Accordez-moi le bénéfice du doute, et soyez heureux que deux de vos malades puissent vivre pour vous bénir de les recommander à Curtis et de les faire admettre rapidement dans sa clinique.

– Je ne comprends pas très bien d'où vient cet argent, murmura le Dr Medwin.

– Peut-être que nous vous le dirons un jour. Mais, pour le moment, considérez-le comme une manne céleste et soyez-en reconnaissant.

Le Dr Medwin se mit à rire de façon tout à fait inattendue.

– Je me fie d'autant moins à vous que je ne peux vous comprendre, Carrington. En même temps, je dois vous tirer mon chapeau : vous mijotez quelque chose en douce, mais au moins, cela profite à deux personnes qui en valent la peine, et cela me suffit.

– Cessez de me harceler, docteur! s'écria Harry.

Mais il souriait.

Ce ne fut qu'après avoir laissé son père à la clinique que Larentia pensa enfin à elle-même; elle dit à Harry :

– J'ai brusquement songé à quelque chose.

– A quoi? demanda Harry.

– J'ai emballé tout ce que je possède et je sais que je vais avoir l'air... miteuse et déplacée au château de Tregaron.

– Vous serez ravissante, dit-il avec chaleur, et si vos vêtements sont râpés, souvenez-vous que le duc n'a pas été très généreux avec vous durant toutes ces années, alors que vous avez gardé le secret sur vos rapports et, à cause de sa maladie, vous n'avez pas reçu un penny de lui, ces six derniers mois. (Les yeux mi-clos, il ajouta :) Laissez-leur entendre que vous avez eu faim et froid cet hiver, parce que vous ne pouviez vous offrir le luxe de vous chauffer! Ça leur fera du bien d'apprendre pour changer ce qui se passe dans la vie. Les riches n'ont pas idée de la façon dont vivent les pauvres!

Il y avait de l'amertume dans sa voix et Larentia comprit qu'il parlait en connaissance de cause.

Elle s'était souvent demandé quelles étaient les origines de Harry, mais elle était trop timide pour l'interroger.

Il était évident qu'il était gentilhomme de naissance, qu'il avait reçu une bonne éducation, et qu'il avait jadis connu une vie très différente de celle qu'il menait à présent.

« J'aimerais que papa fasse sa connaissance et me dise ce qu'il en pense », se dit-elle. Mais elle savait que ce serait une erreur de mettre le professeur et Harry Carrington en rapport avant que tout fût terminé. Peut-être pourrait-elle alors lui avouer la vérité sur ce qui s'était passé.

« Papa serait choqué que j'essaye d'extorquer de l'argent au duc, même s'il s'est mal conduit avec sa femme », pensait Larentia.

Tandis qu'elle récitait une courte prière pour demander pardon, elle n'avait qu'une seule idée en tête : quoi qu'elle fît et aussi répréhensible que cela pût paraître, elle sauvait la vie de son père.

Elle l'aimait. Il fallait qu'il vécût. Rien d'autre n'importait.

3

Les domestiques se retirèrent, laissant la marquise douairière seule avec son neveu, le cinquième duc de Tregaron.

Ils étaient assis dans un petit îlot de lumière au milieu de l'immense salle à manger qui pouvait accueillir une centaine de personnes : le nouveau duc avait déjà projeté qu'à l'avenir, sauf pour les réceptions, il prendrait ses repas dans ce qu'on appelait jadis la salle à manger privée.

Mais, maintenant, le haut plafond gothique, orné de sculptures, semblait plein d'ombres ténébreuses, tandis que les bougies posées sur la table faisaient étinceler les dorures.

– Vous devez être fatiguée, tante Muriel, dit le duc tandis que la marquise sirotait son café.

– Oh, un peu, avoua-t-elle, et si vous voulez bien m'excuser, Justin, j'irai me coucher dès que nous aurons fini de dîner. Il y avait tant de monde à la maison : ces trois jours ont été épuisants.

Le duc sourit d'un air quelque peu cynique.

– Je ne peux m'empêcher de trouver amusant que de nombreux membres de la famille aient fait leur apparition pour rendre leurs devoirs à feu l'oncle Murdoch alors qu'aucun d'eux n'a trouvé un mot aimable à lui dire de son vivant.

– Et non sans raison, répliqua la marquise. On vous a répété ses derniers mots? Il a espéré que vous seriez un meilleur duc que lui, et nous aussi, Justin, nous l'espérons. Cela ne devrait pas être difficile.

– Je ne m'attendais pas à hériter, répondit le duc. A la vérité, j'étais sûr qu'après avoir eu trois épouses et une ribambelle de femmes, oncle Murdoch aurait tôt ou tard un fils ou qu'on lui en ferait endosser un.

– C'est ce que nous avons toujours craint, dit franchement la marquise.

A son ton, le duc devina qu'en effet elle avait dû en éprouver une crainte très réelle.

Puis elle enchaîna, pleine d'entrain :

– Ce qu'il faut, maintenant, Justin, c'est que vous vous rangiez et fondiez une grande famille. C'est, chez les Garon, une tradition de plusieurs siècles, et je me suis toujours demandé avec perplexité pourquoi mon frère n'avait pas eu de fils.

Justin ne pouvait lui en donner la raison pourtant si évidente; au bout d'un moment, il déclara :

– Avant de penser au mariage, j'ai énormément de choses à faire. En ce qui concerne le domaine, je suis certain qu'il est nécessaire d'innover, peut-être même de changer les régisseurs. Oncle Murdoch était trop négligent pour qu'il n'y ait pas eu un gaspillage indescriptible, sinon des vols.

– Je suis sûre que vous vous révélerez un grand organisateur et, pendant que j'y pense, je crois qu'il est temps que vous mettiez l'aumônier à la retraite et que vous le remplaciez par un plus jeune.

Il croisa le regard de sa tante. Tous deux savaient que l'aumônier, habitué à une vie oisive pendant de nombreuses années, noyait son ennui dans l'alcool.

Ils savaient aussi que les services religieux, qui auraient dû être célébrés régulièrement dans la chapelle privée pour les domestiques et tous les employés du domaine qui désiraient y assister, n'étaient plus assurés qu'une fois par mois.

Le duc commença à y réfléchir, ainsi qu'à nombre d'autres questions qui le préoccupaient.

Il était vrai qu'il ne s'était jamais attendu à hériter du titre de duc, pas plus qu'il n'eût imaginé que son oncle pût mourir aussi jeune.

Il y avait chez les Garon une tradition de longévité, et Justin avait assez de bon sens pour ne pas perdre son temps à attendre la mort de quelqu'un.

Il avait préféré se consacrer à cultiver ses dons, particulièrement celui des langues, qui lui permettait de faire d'intéressantes expériences.

Il avait effectué de fréquents voyages dans les parties les plus reculées du monde, et il se demandait maintenant s'il ne trouverait pas assez ennuyeux ce que sa tante appelait « se ranger », après les nombreuses aventures qui avaient jalonné sa route durant ces dernières années.

Puis il se rappela qu'en dehors de la responsabilité du domaine et de sa réorganisation, il occuperait la place qui l'attendait à la Chambre des lords. La politique l'avait toujours intéressé, surtout lorsqu'elle concernait les affaires étrangères.

La marquise acheva son café et posa sa tasse.

– Je vous laisse à votre porto, Justin, dit-elle.

Demain, il faut que je me prépare à rentrer chez moi.

– Ne vous hâtez pas ainsi, tante Muriel. Vous savez que je suis heureux de vous avoir ici, et vos conseils sur la famille m'ont été extrêmement précieux. N'oubliez pas que j'ai perdu le contact pendant de longues années.

– Vous ne manquerez pas de parents qui ne demandent qu'à vous renseigner, dit en souriant la marquise, mais vous savez bien que je serai toujours là si vous avez besoin de moi. En fait, je serais flattée que vous fassiez appel à moi.

Elle se leva et le duc la précéda pour lui ouvrir la porte.

La marquise s'arrêta.

– Bonsoir, mon cher. Je suis très heureuse de vous voir dans la maison de mon père. C'était un homme admirable, et je suis sûre qu'il serait très fier de son petit-fils.

– Merci, dit simplement le duc.

Il se pencha pour embrasser sa tante sur la joue. Puis, la tête haute et le dos raide, de cet air royal qui lui était particulier, la marquise s'engagea dans le couloir qui menait à la grande salle.

Le duc reprit sa place au bout de la table et se versa un petit verre de porto.

Le verre à la main, il leva les yeux vers le tableau accroché au-dessus de la cheminée de pierre : il représentait un des premiers Garon qui eût vécu dans le château, Justin Garon, dont il portait le nom.

– Aux Garon! dit-il. Et puissé-je être digne de vous, sir Justin, et de tous ceux qui vous ont suivi et qui ont fait briller notre nom dans l'histoire de l'Angleterre!

Il but son porto puis se rassit, un sourire amusé sur les lèvres.

En rentrant, il avait été frappé par la magnificence du château et il avait pris conscience avec acuité du rôle qu'il avait joué dans la formation de sa personnalité.

Il avait détesté son oncle et l'effroyable réputation qui était la sienne; dès qu'il avait été en âge de savoir ce qu'il voulait, il avait quitté le château.

Mais il y avait beaucoup vécu lorsqu'il était enfant, car son père s'y plaisait et son grand-père aimait à réunir sa famille autour de lui. Malgré tout, bien qu'il n'en parlât plus, le château était toujours resté présent à son esprit, et, lorsqu'il rêvait, ce n'était pas d'une femme, mais des donjons et des tours, évocatrices à ses yeux d'une spiritualité qu'il ne pourrait jamais trouver chez une femme.

Il allait quitter la salle à manger quand la porte s'ouvrit et le majordome s'approcha.

– Excusez-moi, Votre Grâce. Il y a une jeune dame qui demande à parler à Mme la marquise; mais elle s'est retirée dans sa chambre et je n'ose pas la déranger.

– Non, bien sûr que non, Dawson, répondit le duc. Mais il est bien tard pour une visite!

– Je ne crois pas qu'il s'agisse d'une visite mondaine, monsieur le duc. D'après ce que j'ai compris, la jeune dame est venue de Londres spécialement pour s'entretenir avec Mme la marquise d'un sujet d'ordre privé.

– De Londres, à cette heure?

– Oui, monsieur le duc. Elle insiste pour parler à

Mme la marquise, et je ne crois pas qu'elle s'en ira avant de l'avoir fait.

Le duc allait répliquer que le secrétaire et régisseur de son oncle, qui s'était occupé des affaires du château pendant des années, pouvait recevoir la visiteuse, mais il se souvint qu'il avait envoyé M. Arran à Londres immédiatement après les obsèques.

Il en avait décidé ainsi car, à l'annonce de la mort du duc, il prévoyait qu'il y aurait inévitablement des demandes d'argent et peut-être même des tentatives de chantage de la part des femmes avec qui feu le duc avait entretenu des rapports sans le moindre discernement.

En lui-même, Justin les qualifiait de « rebuts de Piccadilly », et il était absolument certain qu'elles feraient tout ce qui était en leur pouvoir pour extorquer de l'argent sur la succession, maintenant que l'homme qui avait tant dépensé pour elles pendant si longtemps était dans la tombe.

– Il faut éviter tout scandale, Arran, avait dit Justin. En même temps, si nous sommes trop généreux avec l'une, le lendemain, il y en aura une dizaine pour prendre sa place.

– Je le sais bien, monsieur le duc, avait répondu M. Arran, et, ces dernières années, j'ai été horrifié de voir tout l'argent qu'on dépensait pour une telle racaille !

– C'est une chose qui ne se reproduira pas à l'avenir, avait répliqué le duc d'une voix sèche.

Malheureusement, Arran était absent et ne pouvait l'aider à se débrouiller dans un genre d'affaire qu'il était arrivé à connaître à fond. Le duc dit avec une note d'irritation dans la voix :

– Je présume que je devrais recevoir cette

femme. Je suppose qu'elle a un moyen de transport pour rentrer quand j'en aurai fini avec elle?

Le majordome semblait embarrassé.

– Je crains que non, monsieur le duc. (Il lut l'interrogation dans les yeux du duc et se hâta d'expliquer :) Je dînais en bas, monsieur le duc, et il n'y avait qu'un laquais de service. Elle est venue de la gare dans une voiture de louage, et le cocher a déchargé sa malle et est reparti sans que James pense à lui demander d'attendre.

Le duc pinça les lèvres.

« C'est vraiment abuser de façon intolérable de la bonne volonté des gens, pensa-t-il, qu'arriver aussi tard et compter être obligatoirement hébergée. »

– Où avez-vous introduit cette visiteuse importune? demanda-t-il en se levant.

– Dans le secrétariat, monsieur le duc, parce que c'est la pièce la plus proche de la porte d'entrée. Monsieur le duc préfère-t-il la voir ailleurs?

– Oui, dans la bibliothèque.

Il sortit de la salle à manger et se dirigea vers la bibliothèque qui se trouvait de l'autre côté de la grande salle.

C'était vraiment fâcheux, alors qu'il pensait passer une soirée tranquille à faire des projets d'avenir, que d'être ainsi interrompu par une inconnue qui venait sans aucun doute lui demander de l'argent. Les relations féminines de son oncle ne s'intéressaient à rien d'autre.

Elle raconterait certainement quelque triste histoire, et la femme avait été assez astucieuse pour demander à parler à la marquise, sa tante étant connue pour sa charité et sa générosité pour nombre d'œuvres de bienfaisance qui bénéficiaient de l'appui de la reine.

« Elle s'apercevra que je ne suis pas complètement niais », se dit le duc.

Quand il pénétra dans la bibliothèque, qui était une des curiosités du château, il s'adossa à la cheminée médiévale sculptée et décorée d'armoiries.

Les livres qui s'étaient accumulés au cours des siècles couvraient les murs du sol au plafond, il y avait une loggia à laquelle on accédait par un escalier en colimaçon où le duc – il s'en souvenait – s'amusait beaucoup quand il était petit.

Il songeait avec plaisir qu'il aurait de la place pour loger sa propre collection de livres, laquelle était moins importante qu'il l'eût souhaité pour la simple raison qu'il était toujours par monts et par vaux.

La porte s'ouvrit, et le majordome annonça :

– Mlle Katie King, monsieur le duc.

Le duc vit entrer une personne frêle.

Pendant un moment, elle se tint hors du cercle de lumière des lampes à huile et il vit seulement qu'elle portait un long manteau noir. Puis elle s'avança très lentement, comme si elle était impressionnée.

Comme elle s'approchait, il découvrit un visage mince au petit menton pointu, et deux grands yeux qui le regardaient avec appréhension.

Il pensa soudain qu'elle était d'une beauté inhabituelle; sous le petit chapeau à brides tout simple, orné de rubans bon marché, il distingua ses cheveux et respira profondément.

Tout d'abord, il pensa qu'il était en train d'en

imaginer la couleur, ensuite, qu'ils devaient être teints.

Puis, alors qu'elle levait les yeux vers lui, il sut, si incroyable, si inconcevable que cela fût, qu'il voyait les cheveux de la Diane admirée pour la dernière fois à Paris dans la maison du comte.

Il gardait le silence et la femme sembla sentir qu'elle devait dire quelque chose et, d'une voix douce, musicale, où perçait cependant une certaine nervosité, elle lança, comme si elle se jetait à l'eau :

– Il faut... m'excuser... d'arriver si... tard... mais le train a eu du retard... et je ne savais pas... où aller.

Larentia ne pouvait expliquer à cet homme implacable qu'elle avait découvert avec consternation qu'elle n'avait pas assez d'argent pour prendre une chambre à l'auberge, même s'il y en avait eu une de libre.

La gare indiquée par Harry Carrington était à dix ou douze kilomètres du château, mais Larentia avait trouvé avec peine une voiture pour l'amener au château.

Lorsqu'elle s'était mise en route, voyageant dans le compartiment de seconde classe où Harry Carrington l'avait installée, elle avait découvert que Harry ne lui avait offert que le billet d'aller.

Elle avait l'impression, bien que ce fût peut-être injuste, qu'il s'était délibérément assuré qu'elle essaierait d'obtenir, par tous les moyens possibles, l'argent qui leur était nécessaire.

Elle fut aussi effrayée en s'apercevant que, non seulement elle n'avait pas de quoi payer le voyage de retour, mais qu'elle ne disposait même pas du strict nécessaire.

Elle n'avait aucune idée de ce que lui coûterait une voiture pour aller de la gare au château et, bien que l'auberge du village fût peut-être bon marché, elle avait du mal à imaginer à quoi elle pouvait ressembler.

Elle n'osait d'ailleurs pas descendre à l'auberge, en admettant même qu'on y acceptât une femme seule, ce qui lui paraissait peu probable.

Elle savait que son père serait horrifié s'il apprenait qu'elle avait entrepris ce voyage et qu'il ne pourrait envisager un seul instant l'idée qu'elle prît une chambre dans un lieu public où des hommes de toutes conditions viennent boire.

Malgré l'heure tardive, elle n'avait donc vu d'autre solution que de se rendre directement au château, espérant que la marquise aurait la bonté de lui permettre d'y passer la nuit.

Mais, en arrivant, au lieu d'attendre comme elle l'espérait – il était possible que la marquise ne la reçût pas –, le cocher avait dit d'un ton bourru :

– Il faut que je rentre!

– Voudriez-vous, s'il vous plaît, attendre quelques minutes? avait demandé Larentia.

Il avait secoué la tête.

– Je veux mon argent.

Comme elle trouvait gênant de provoquer une scène devant le valet de pied, elle l'avait réglé, et il avait déchargé sans ménagement sa malle sur l'escalier, laissant au laquais le soin de la porter à l'intérieur.

Puis il avait fouetté son cheval sans même la remercier pour le pourboire.

L'incident avait encore accru sa nervosité et devant le silence persistant du duc, elle sentit qu'il fallait expliquer sa présence avant d'être rendue muette par la peur.

– Les trains ont souvent du retard dans cette région, dit enfin le duc, mais, de toute façon, ma tante s'est retirée dans sa chambre, alors peut-être pourriez-vous me dire pourquoi vous désirez tant la voir?

C'était bien la dernière chose qu'elle désirât.

Durant tout le trajet jusqu'au château, elle avait imaginé ce qu'elle dirait à la marquise, supposant qu'une dame d'un certain âge serait attendrie par un mariage secret.

Harry Carrington avait découvert beaucoup de choses sur la marquise, dont il parla à la jeune fille.

Il avait trouvé, dans des livres qu'il avait consultés à la bibliothèque municipale, des renseignements sur le nombre important d'œuvres de bienfaisance qu'elle patronnait et, par des amis, il avait entendu parler de sa générosité; elle soutenait aussi l'œuvre fondée par le Premier ministre, M. Gladstone, en faveur des « filles perdues ».

Larentia n'avait pas compris immédiatement ce qu'il entendait par « filles perdues ». Puis, quand elle eut une idée de ce que cela pouvait être, elle devint cramoisie.

– Je n'insinue pas du tout, avait ajouté vivement Harry, que c'est ce que vous prétendrez être. Le duc a épousé Katie parce que c'était une fille sage qui n'aurait jamais accepté une autre condition que celle d'épouse. Je vous explique seulement à quel point la marquise peut se montrer compréhensive.

– Oui... oui... bien entendu, avait répondu Larentia, très gênée d'avoir une telle conversation avec un homme.

Il ne lui était pas venu à l'esprit que la marquise ne puisse la recevoir et qu'elle pourrait à la place se trouver confrontée au duc.

Il était si grand et, même dans le monumental château, il semblait tout-puissant et il la terrifiait.

Son regard lui donnait aussi l'impression qu'il la perçait sous son masque et savait qu'elle n'était ni Katie King ni la duchesse de Tregaron, mais la fille d'un professeur ruiné.

Mais ce n'étaient pas ses propres craintes qui importaient. En ce moment même, son père et Katie étaient sauvés grâce à la somme versée pour leur opération.

On leur avait prêté cet argent en comptant uniquement sur l'habileté de Larentia pour le soutirer aux Garon.

Elle avait détesté M. Isaac Levy, que Harry Carrington avait amené chez elle pour qu'il fît sa connaissance, un après-midi, pendant que son père dormait.

C'était un homme d'un certain âge, avec un grand nez crochu et des cheveux noirs poisseux; il l'avait regardée de ses yeux sombres d'un air qui l'avait mise mal à l'aise.

Il lui avait semblé qu'il l'examinait comme un homme examinerait un cheval de course sur lequel il va parier, puis il s'était frotté les mains.

Bien qu'il n'eût rien dit, elle avait compris, à

l'expression de Harry, qu'Isaac Levy leur prêterait l'argent et que la vie de son père serait sauvée.

Malgré cela, il lui avait été difficile de le remercier et plus encore de lui serrer la main quand il avait pris congé.

Après son départ, elle s'était dit qu'il lui faudrait rembourser, coûte que coûte, ce que lui prêterait M. Levy car elle ne pouvait supporter l'idée d'être son obligée.

Comme s'il prenait soudain conscience qu'elle attendait sa réponse, le duc rompit le silence :

– Voulez-vous vous asseoir, mademoiselle King? Et peut-être après un aussi long voyage aimeriez-vous prendre un rafraîchissement? Puis-je vous offrir un verre de vin?

– Non... merci, répondit Larentia. Mais peut-être pourrais-je avoir... un verre d'eau?

Ses lèvres étaient sèches et elle avait faim et soif.

Avec si peu d'argent, elle n'avait rien osé acheter dans les gares où le train s'était arrêté et elle était trop timide pour aller dans les bars bondés et bruyants où l'on servait aux voyageurs boissons et repas qui ne semblaient guère appétissants.

– Vous pouvez naturellement avoir de l'eau, si c'est ce que vous préférez, dit le duc, mais si vous n'aimez pas le vin, je suis sûr que du café vous ferait plaisir. (Il se rendit compte, soudain, qu'elle était très pâle, et il ajouta :) Vous n'avez pas dîné, n'est-ce pas? Je sais qu'il est souvent difficile de trouver quelque chose de mangeable dans les gares.

– Ça va... ça va... très bien, se hâta de dire Larentia.

– Ce n'est pas ce que je vous ai demandé.

– Je... n'ai pas mangé depuis mon départ... de Londres.

Il la regarda, stupéfait. Puis il tira la sonnette qui pendait à côté de la cheminée.

Un laquais, de service dans le couloir, ouvrit la porte immédiatement.

– Vous avez sonné, monsieur le duc?

– Oui. Demandez au chef de préparer rapidement quelque chose pour Mlle King. Un potage et peut-être une omelette, cela ne devrait pas prendre trop de temps.

– Très bien, monsieur le duc.

Lorsque le laquais referma la porte, Larentia dit :

– Je suis... désolée... de vous... déranger ainsi. J'étais certaine de... pouvoir arriver bien plus tôt et... d'avoir la possibilité de voir Mme la marquise...

– J'espère pouvoir la remplacer efficacement, dit sèchement le duc. Peut-être pourrais-je vous suggérer, mademoiselle, de vous débarrasser de votre manteau et de votre chapeau? Vous serez plus à l'aise.

Il ne pouvait résister à la tentation d'admirer sa chevelure.

Fasciné, il avait pourtant du mal à croire que ce n'était pas son imagination qui l'abusait en lui prêtant une telle beauté.

Obéissante comme un enfant, Larentia se leva et ôta sa cape.

Le duc la lui prit des mains et la déposa sur une chaise, près de la porte.

Quand il se retourna, Larentia avait dénoué les

rubans de son chapeau à brides : alors, la lumière étincela sur l'or, y allumant des reflets de feu.

Il aurait parié sa fortune et le titre dont il venait d'hériter que la couleur en était absolument naturelle et ne devait rien à l'artifice.

Il n'avait vu pareille chevelure que sur un tableau et, quand il posa de nouveau les yeux sur Larentia, il reconnut qu'elle était, aussi incroyable que cela pût sembler, la réplique vivante de la Diane que Boucher s'était représentée, tant d'années auparavant.

Larentia posa son chapeau sur une chaise, puis elle posa ses mains sur ses genoux et regarda le duc, éperdue et indécise.

Il se demanda ce qui pouvait l'intimider à ce point et, pour la mettre à l'aise, il s'assit de l'autre côté de la cheminée.

– Maintenant, mademoiselle, dites-moi l'objet de votre visite. Ce doit être important pour que vous ayez fait une si longue route.

– Oui... c'est très important, admit-elle.

Elle savait qu'il attendait, mais dut faire un effort sur elle-même pour ouvrir son sac à main et en sortir les deux papiers qu'il contenait.

Elle n'avait qu'un désir : prendre la fuite, avouer que tout cela n'était qu'une épouvantable erreur et rentrer à Londres, chez elle, dans cette maison qui était son seul refuge.

Puis elle se dit qu'au lieu de céder à la peur, elle devait songer à son père, à son beau visage crispé par la douleur, sur le chemin de la clinique.

D'une toute petite voix, elle dit :

– Je... vous ai... apporté ces papiers... pour que vous... les examiniez.

En parlant, elle tendit les deux papiers au duc; elle hésitait à se lever quand elle comprit que, si elle se mettait debout, ses jambes ne la soutiendraient pas.

Il tendit la main et les saisit. Puis il se renversa dans un fauteuil, croisa les jambes et, très à son aise, déplia le premier document.

C'était le certificat de mariage.

Pendant qu'il le lisait, Larentia se sentit incapable de le regarder. Elle joignit les mains et les serra jusqu'à ce que ses doigts lui fissent mal.

Lentement, sans hâte aucune, le duc ouvrit la lettre et la lut. Puis il y eut un silence que Larentia trouva insupportable. Il demanda enfin :

– Quel âge avez-vous?

– J'ai... vingt-trois ans... presque vingt-quatre.

Larentia s'attendait à cette question et s'y était préparée. Son hésitation était provoquée par l'impression d'être soudain aphone; aucun son ne lui semblait sortir de sa gorge.

– Vous aviez donc dix-sept ans quand vous avez épousé mon oncle?

– Oui.

– Je présume que vous avez dû obtenir l'autorisation de votre père ou de votre mère.

C'était encore une question à laquelle Harry Carrington l'avait préparée à répondre.

– Ils étaient morts... tous les deux.

– Comme on vous qualifie d'« actrice », si je comprends bien, vous gagnez votre vie sur scène?

– Oui.

– Où?

– A... l'Olympic.

Le duc hocha la tête comme s'il en avait entendu

parler. Puis il regarda de nouveau la lettre et le certificat de mariage avant de demander :

– N'avez-vous pas été surprise que quelqu'un d'aussi important que le duc de Tregaron voulût vous épouser?

– Il m'a emmenée souper... plusieurs fois... avant de... d'en parler vraiment.

En lui dictant cette réplique, Harry avait ajouté :

– Katie est une fille honnête et, comme je vous l'ai expliqué, le duc lui avait proposé d'occuper une place toute différente dans sa vie. Bien entendu, elle a refusé!

– Bien entendu, avait répété Larentia et, de nouveau, elle avait rougi.

– J'imagine que vous vous rendez compte, dit alors le duc après un silence qui parut interminable à Larentia, que si vous êtes, comme vous le dites, la duchesse de Tregaron, vous vous trouvez, à la mort de mon oncle, dans une position très avantageuse.

– Je ne veux pas être... duchesse, dit vivement Larentia. La raison de ma présence ici est simplement que je n'ai... pas reçu... l'argent... qu'il m'a envoyé, ces six dernières années, afin de garder notre... mariage... secret.

– Il vous payait? demanda le duc.

Larentia pensa qu'elle avait très mal raconté son histoire.

Harry lui avait expliqué exactement ce qu'elle devait dire mais très effrayée d'être arrivée si tard, terrorisée par le château et par le duc lui-même, elle avait commencé ses explications par la fin.

Après avoir respiré profondément, elle ajouta rapidement :

– Après notre mariage et comme je n'avais pas... donné à M. le duc le... fils qu'il désirait, il m'a proposé de me verser assez d'argent pour vivre à l'aise si je ne révélais à personne que nous... étions mariés. (Elle sentit sa voix trembler mais, au prix d'un effort de volonté, elle poursuivit :) Je lui ai donné ma promesse sacrée... que je garderais... que je ne dirais à personne ce qui... s'était passé... mais, ces six derniers mois, l'argent n'est pas arrivé... et j'en ai besoin.

– Combien vous donnait-il? demanda le duc. Et comment cet argent vous parvenait-il?

– Il me donnait quinze livres par mois... et je les recevais par la poste.

– Est-ce tout?

– Oui... c'était bien suffisant... surtout quand je... travaillais.

– Où jouez-vous maintenant?

– J'étais au Gaiety jusqu'à il y a deux mois, quand je suis tombée malade. J'ai eu une fièvre... persistante... et c'est pourquoi j'ai... tellement besoin d'argent... parce que je n'ai rien gagné.

– Bien sûr, je comprends cela, et quand vous avez appris la mort du duc, vous avez compris que vous ne recevriez plus d'argent si la famille n'acceptait pas de le verser.

– C'est... ce que... j'espérais que vous feriez, répondit Larentia, et je promets... de continuer... à jamais... à garder le secret, si vous aviez la bonté de ne plus me le donner mensuellement, mais une... somme globale... que j'aurais pour le... reste de ma vie.

Les mots que Harry lui avait fait répéter lui semblaient incohérents mais elle était parvenue à les articuler. Pendant un instant, elle eut l'impression que la pièce se mettait à tourner et elle fut prise de vertige.

Le duc se mit à parler, mais elle ne comprenait pas ses paroles. Il semblait s'être terriblement éloigné. Puis elle comprit qu'il s'adressait à quelqu'un d'autre, mais il était trop difficile de penser ou même d'essayer de saisir ce qu'il disait.

Puis Larentia prit conscience que quelqu'un portait un verre à ses lèvres.

– Buvez une gorgée! ordonna une voix, et elle obéit.

– Encore une!

Ce n'était pas de l'eau, mais quelque chose de très fort. Puis, en sentant le liquide brûlant lui descendre dans la gorge, elle ouvrit les yeux et s'aperçut que le duc était penché sur elle.

– Je... je suis... désolée, bégaya-t-elle.

– Buvez encore un peu, lui conseilla-t-il, mais elle secoua la tête.

– Ça va... très bien... je vous en prie... pardonnez-moi.

– Où en est votre repas? Cela me semble bien long!

Le duc ne s'adressait pas à elle, mais au majordome qui se tenait derrière lui avec un plateau sur lequel était posée une carafe.

– Je vais m'en occuper, monsieur le duc.

– Dites qu'on apporte le potage. Il est impossible que ce soit si long.

– Oui, monsieur le duc.

La tête posée sur un coussin de soie, Larentia se dit qu'elle devrait se lever, mais le moindre mouvement exigeait un effort dont elle se sentait incapable.

Le cognac commençait à dissiper le brouillard qui lui troublait la vue et clarifiait ses pensées.

Le duc se contentait d'attendre, sans un mot, et, quelques minutes plus tard, la porte s'ouvrit et le majordome reparut, suivi de deux valets de pied.

Il plaça devant Larentia une petite table recouverte d'une nappe de dentelle, puis y déposa un plateau garni d'une soupière en argent et d'une assiette de porcelaine exquise que, malgré sa faiblesse, elle se surprit à admirer.

On lui donna une serviette de lin blanc, et le majordome servit le potage puis, sans lui demander son avis, remplit un verre de vin.

Par politesse Larentia se redressa et se mit à manger.

Le potage était clair, chaud et délicieux, et elle s'aperçut qu'elle était affamée. Elle acheva donc son assiette sans même lever les yeux sur le duc qui l'observait.

Puis le laquais apporta une omelette aux champignons légèrement dorée sur le dessus, ce qui prouva à Larentia, excellente cuisinière, qu'elle était à point.

Elle se remit à manger en silence. Sentant les forces lui revenir, elle avala un peu de vin puis, sans effort, elle sourit au duc.

– Vous sentez-vous mieux maintenant? demanda-t-il.

– J'ai... honte de m'être conduite de... façon aussi stupide.

– C'est tout à fait compréhensible. Vous aviez fait

un long voyage et, vous l'avez dit vous-même vous étiez déjà souffrante.

Le majordome vint débarrasser la table.

– Désirez-vous autre chose? s'enquit le duc.

– Non, merci.

Le majordome et le laquais se retirèrent et lorsqu'ils eurent fermé la porte derrière eux, le duc demanda :

– Vous sentez-vous assez forte pour reprendre notre conversation, ou la remettons-nous à demain?

– Peut-être voudriez-vous... réfléchir à ce que je vous ai... dit?

– Si je comprends bien, vous continuerez à garder le secret sur votre mariage avec mon oncle, vous vous y engagerez, si nous nous occupons de vous financièrement. Vous préféreriez recevoir une somme globale plutôt que des mensualités, comme c'était le cas jusqu'à présent?

– Oui, je pensais que ce serait un meilleur... arrangement.

– Quelle somme, selon vous, assurerait votre silence, en principe jusqu'à la fin de votre vie?

Depuis qu'elle avait accepté le plan de Harry Carrington, c'était le moment que Larentia appréhendait le plus.

Cinq mille livres, c'était une somme incroyable et, bien que Harry Carrington lui eût répété que cela ne signifiait rien pour le duc, elle avait encore l'impression qu'en réclamant pareille somme, elle paraîtrait cupide; de plus, elle était persuadée que les Garon s'estimeraient vraisemblablement victimes d'un chantage.

« Et c'est exactement le cas », s'était-elle dit dans

le train. « Le chantage, c'est tenter d'extorquer de l'argent à quelqu'un en le menaçant de dévoiler un secret s'il ne paie pas ! C'est ce que je suis en train de faire, et j'ai l'impression d'être une criminelle ! »

Harry Carrington s'était carrément fâché quand elle avait proposé de ne réclamer que la moitié de cette somme, en espérant que la famille donnerait davantage.

– Pourquoi ne seraient-ils pas généreux maintenant que le duc est mort ? avait-il demandé d'une voix cassante. Et avez-vous déjà rencontré quelqu'un qui veuille débourser plus d'argent qu'il n'y est contraint ? Je vais vous dire... les riches sont mesquins et dénués de générosité, sauf quand cela les arrange. (Et il avait poursuivi, de la même voix cassante :) S'ils pouvaient s'en tirer avec quatre sous, ils le feraient ! Faites ce que je vous dis et demandez cinq mille livres. Il est possible qu'ils rechignent, mais j'en doute. Ils auront bien trop peur que vous exigiez tout ce à quoi vous avez droit en tant que duchesse.

Pourtant, avoir à formuler ses exigences donnait à Larentia envie de sombrer de nouveau dans l'inconscience.

– J'attends de savoir ce que vous demandez, dit le duc pour l'encourager à poursuivre.

– Je pensais... cinq mille livres... peut-être, répondit-elle d'une voix qui n'était guère plus qu'un murmure.

Elle était incapable de le regarder en face. Elle gardait les yeux fixés sur ses mains, consciente qu'elle rougissait, ce qui la rendait plus timide encore.

– Vous estimez que c'est une somme correcte, équitable? demanda le duc.

– Vous trouvez... peut-être... que c'est trop, dit-elle d'une voix tremblante.

– Pour être franc, je trouve que vous avez été très loyale et que vous vous êtes conduite de façon exemplaire en gardant le secret sur votre mariage pendant si longtemps, mais je me demande ce que vous ferez si je refuse de vous donner cet argent.

Larentia leva brusquement la tête et le regarda d'un air terrifié.

– Mais il faut que vous me le donniez! dit-elle. Il m'en faut au moins une partie!

– Pourquoi est-ce si urgent?

– Parce que j'ai pris... un engagement financier... que je dois honorer.

Elle lança les premiers mots qui lui vinrent à l'esprit, et elle était incapable de penser à autre chose qu'à Isaac Levy attendant qu'on lui remboursât son prêt et à ce qui se passerait si elle rentrait les mains vides.

– Un engagement financier? répéta calmement le duc. Vous voulez dire que vous avez des dettes?

– Oui... oui... c'est ça, j'ai des dettes... et si je suis incapable de rembourser... ce que je dois... il me faudra... en subir les conséquences.

Il était évident, d'après l'expression de son visage et le désespoir qui perçait dans sa voix, que les conséquences étaient effrayantes.

– A combien se monte exactement votre dette? demanda le duc.

Affolée, Larentia essaya de calculer mentalement – deux cents livres par opération, et ce n'était que par hasard que Harry Carrington avait laissé échapper que ce n'était pas cinquante pour cent mais cent pour cent d'intérêt qu'exigeait Isaac Levy, et plus si on ne lui rendait pas la somme dans le délai d'un mois.

« Deux fois quatre cents livres, ça fait huit cents. »

Puis, d'une voix empreinte d'une terreur croissante, elle parvint à bégayer :

– Je dois... plus de... huit cents livres.

Elle se dit en prononçant le chiffre que le duc ne la croirait sûrement pas.

Comment aurait-elle pu dépenser tant d'argent, habillée comme elle l'était de vêtements qu'elle avait confectionnés elle-même et qu'elle portait depuis longtemps?

Il y eut un silence gêné. Puis le duc demanda :

– Qui vous a envoyée?

– Personne!

En répondant ainsi, Larentia pria pour que lui fût pardonné ce nouveau mensonge.

– Qui vous a dit combien demander?

– Personne.

Comment pouvait-elle supporter cet interrogatoire? Elle avait l'impression qu'on lui arrachait chaque réponse comme si c'était une partie vivante de son corps.

Le duc la regarda en silence. Puis il dit enfin :

– Vous devez être fatiguée; je vous propose d'aller vous coucher. Il faut que je réfléchisse à tout cela et, si vous le permettez, que j'en discute avec ma tante, la marquise douairière de Humber, avec laquelle vous désiriez vous entretenir en arrivant. Puis, bien entendu, il me faudra consulter mes hommes de loi.

– Pourquoi? demanda Larentia. Pourquoi... consulter? Ne pourriez-vous... me donner simplement l'argent et me laisser... rentrer à Londres?

– Vous êtes si pressée de rentrer? Et pour quelle raison?

– Il faut que je retourne... au théâtre, et puis... il y a quelqu'un qui a besoin de moi.

– Un homme?

Larentia ne comprit pas sur-le-champ ce qu'impliquait la question, mais elle se hâta de répondre :

– C'est quelqu'un qui est très malade et dont je m'occupe.

– Il ne peut donc pas se passer de vous, surtout dans la mesure où vous ne pouvez payer quelqu'un pour vous remplacer.

– Oui, c'est... ça.

– Je comprends très bien votre désir, dit le duc, mais vous devez vous rendre compte que la preuve que vous m'avez apportée est très importante pour la famille. Si, comme vous le dites, vous êtes effectivement la femme du quatrième duc de Tregaron, c'est alors un élément qui doit être ajouté à notre arbre généalogique et figurer dans les archives de la famille pour passer à la postérité avec toute l'histoire des Garon.

– Non... non, dit vivement Larentia. Ce n'est pas... nécessaire! C'était un mariage secret... et je comprends très bien... qu'il doive rester... à jamais secret... La seule chose que je vous demande, c'est de... tenir la promesse que le duc m'a faite d'avoir un peu d'aisance... tant que je serais fidèle à la parole que je lui ai donnée.

– Je ne trouve pas qu'il ait été très généreux.

– Cela... suffisait à mes besoins d'alors... mais

j'aimerais maintenant n'avoir plus à attendre l'arrivée de l'argent... j'aimerais être délivrée de l'impression que je ne peux... m'arranger sans cela.

– A votre avis, combien de temps dureront ces cinq mille livres, et comment pouvez-vous avoir la certitude que, une fois dépensées, vous ne reviendrez pas en réclamer encore? demanda le duc.

– Je ne peux que vous donner ma parole.

– Parole à laquelle vous avez été absolument fidèle pendant six ans, reconnut le duc. Néanmoins, les temps changent, vous vieillirez, et peut-être ne vous sera-t-il plus possible de vous produire sur scène. Que se passera-t-il alors?

– Oh... je vous en prie... bégaya Larentia. Ne nous occupons pas de cela... mais seulement du présent. J'ai désespérément besoin de huit cents livres. En fait... il me les faut! Le reste n'a pas d'importance.

Elle savait que Harry Carrington serait furieux contre elle. En même temps, elle se dit que la seule chose qui importait vraiment était de payer les opérations et de rembourser Isaac Levy.

Elle comprit soudain que ni son père ni Katie King ne pourraient gagner d'argent pendant un certain temps.

« Dans ce cas, ce sera à moi d'en gagner », pensa-t-elle, et elle se demanda avec désarroi ce qu'elle pourrait faire.

Elle avait conscience que le duc l'observait et lisait dans ses yeux verts les sentiments qui se bousculaient en elle.

Elle lui dit alors d'un ton implorant :

– Je vous en prie... ne me rendez pas les choses... trop difficiles... Il m'a été très pénible de venir ici... et mon seul désir serait de pouvoir... me débrouiller sans avoir à mendier. C'est... humiliant... dégradant... mais je ne peux rien faire d'autre.

Elle semblait si pitoyable que le duc, à son corps défendant, fut bouleversé par sa voix, par l'expression de son regard, et par la lumière qui semblait danser sur ses cheveux quand elle bougeait la tête.

– Je vous ai déjà dit que vous devriez aller vous coucher, répondit-il. Demain matin, la situation paraîtra peut-être moins dramatique.

– Et vous... me laisserez... rentrer à Londres... dès que possible?

– Je n'oublierai pas que c'est votre désir.

Il se leva; consciente qu'elle ne pouvait continuer à le supplier, Larentia l'imita.

Le duc sonna.

– Puis-je garder cette lettre ainsi que le certificat de mariage pour les montrer à ma tante?

– Oui, bien sûr.

Il la regarda et demanda :

– N'êtes-vous pas un peu trop confiante? Imaginez que je les détruise...

C'était exactement la question que Larentia avait posée à Harry Carrington. Elle répondit donc .

– Je sais que vous estimerez que c'est très mal d'agir ainsi et, de plus, si vous le désirez, vous pourrez vérifier que l'acte de mariage est bien inscrit dans les registres de la cathédrale de Southwark.

Harry Carrington aurait apprécié sa façon de répondre, et elle eut l'impression, sans pouvoir en être sûre, que le duc l'avait, lui aussi, trouvée convaincante.

La porte s'ouvrit et le majordome demanda :

– Vous avez sonné, monsieur le duc?

– Mlle King passera la nuit ici. Voulez-vous dire à Mme Fellows de s'en occuper?

– Très bien, monsieur le duc.

Le duc tendit la main à Larentia.

– Bonsoir, mademoiselle. J'espère que vous dormirez bien. Vous devez être très fatiguée après une journée aussi épuisante.

Larentia fit une révérence et, quand sa main toucha celle du duc, il la trouva froide et tremblante.

Il la suivit du regard, tandis qu'elle se dirigeait vers la porte, ses cheveux ramassés sur sa nuque en deux grosses nattes qui semblaient sorties du cœur du soleil.

Puis, quand la porte se referma, il se dit à voix basse :

– Oncle Murdoch et cette fille! Je ne peux pas y croire!

4

– Vous êtes bien matinal, Justin! s'exclama la marquise douairière quand le duc pénétra dans le boudoir contigu à sa chambre.

Elle était déjà habillée. Il ne lui serait pas venu à l'esprit de recevoir quiconque, fût-ce son neveu, en négligé.

Son corset la maintenait très droite. Bien coiffée par sa femme de chambre, elle portait un collier de perles à cinq rangs et plusieurs diamants scintillaient à ses mains sillonnées de veines bleues.

– Excusez-moi, tante Muriel, mais j'ai quelque chose de très important à vous communiquer et j'ai besoin de vos conseils pour une affaire familiale d'une extrême urgence.

La marquise le regarda, surprise, et le duc s'assit dans un fauteuil à côté d'elle tandis que la femme de chambre emportait le plateau du petit déjeuner.

Dès que la porte fut fermée, le duc dit :

– Hier soir, après que vous vous êtes retirée, on m'a annoncé qu'une jeune femme demandait à vous voir.

– Me voir, si tard! s'exclama la marquise.

– C'est exactement ce que j'ai fait remarquer, mais, comme je ne voulais pas vous déranger, je l'ai reçue. Elle m'a informé qu'il y a six ans, elle était devenue la femme d'oncle Murdoch.

Pendant un instant, tout se passa comme si la marquise n'avait pas compris les paroles du duc. Puis, son corps sembla se raidir, et elle demanda d'une voix curieusement changée :

– Vous avez dit qu'il était... marié?

– La jeune femme, qui prétend qu'elle n'avait que dix-sept ans au moment de ce mariage, n'est pas du genre de celles qu'il fréquentait habituellement. Et pourtant, c'est une actrice.

La marquise ferma les yeux un instant et, bien que le duc la trouvât assez pâle, elle se contrôlait admirablement. Elle fit remarquer :

– Une actrice! Nous aurions pu nous y attendre!

– Pas exactement une actrice, mais ce qu'on appelle à Londres une girl de music-hall.

– Et Murdoch l'a vraiment épousée?

– Elle a apporté son certificat de mariage et une lettre d'oncle Murdoch expliquant qu'il l'épousait parce qu'il espérait qu'elle lui donnerait un fils.

– C'est ce que j'ai toujours redouté, dit la marquise à mi-voix. Et elle lui a donné un fils?

– Fort heureusement non mais, apparemment, puisqu'elle ne pouvait pas lui donner d'enfant, oncle Murdoch l'a payée pour qu'elle garde le mariage secret.

– Et elle s'est tue pendant toutes ces années?

– Aussi surprenant que cela paraisse, elle a tenu parole. Elle jure n'avoir dit à personne qu'elle était la duchesse de Tregaron.

– Comment pouvons-nous en être sûrs? demanda la marquise. Très franchement, Justin, je ne crois pas que Murdoch, si insensé qu'il fût, eût épousé une fille de ce genre s'il n'avait pas été absolument sûr qu'elle portait un enfant de lui.

– J'ai pensé la même chose. Mais, manifestement, le certificat de mariage semble authentique et la lettre est rédigée de la main d'oncle Murdoch, comme vous pouvez le voir.

Il tendit la lettre à la marquise qui la prit d'un air dégoûté.

Elle déplia son face-à-main et lut avec lenteur.

Puis elle rendit les papiers au duc, comme si elle était soulagée de s'en débarrasser.

– Vous avez laissé cette femme passer la nuit ici?

– Elle n'avait nulle part où aller.

– Je crois néanmoins que c'était une erreur. Cela pourrait laisser entendre que nous avons cru à son histoire.

– Peut-être est-ce ce que nous devrons faire?

– Je ne crois pas un instant que cette créature soit vraiment la duchesse de Tregaron!

– Cela reste à prouver, mais je ne pense pas que nous gagnerons quoi que soit à éveiller son hostilité.

– Que devrions-nous faire d'autre, selon vous? demanda la marquise avec fureur. Comment pourrions-nous imaginer un instant qu'une femme vulgaire, qui s'exhibe sur les planches devant qui paie pour la voir, porte notre nom et soit considérée comme l'épouse légitime de mon frère? (Elle ferma de nouveau les yeux comme si elle ne pouvait supporter l'horreur d'une telle perspective. Puis elle ajouta :) Tout au long des siècles, il y a eu dans notre famille des hommes qui, d'une façon ou d'une autre, se sont mal conduits. Des coureurs, des chenapans, des coquins! Mais les femmes ont toujours été de haut rang. Du sang bleu coulait dans leurs veines, et elles n'ont jamais fait honte aux futures générations.

– Je sais, tante Muriel, mais nous voici devant un problème sérieux, et nous devons, vous et moi, le résoudre.

– Comment?

– Ce que cette fille demande – soit dit en passant, elle s'appelle Katie King –, c'est que nous lui donnions un capital de cinq mille livres. Moyennant quoi, elle continuera à garder le silence jusqu'à sa mort, comme elle l'a fait pendant six ans.

– On ne peut guère compter sur la parole d'une femme de cette sorte, répliqua la marquise d'un ton cassant.

– Elle emporte la conviction, remarqua le duc d'un air réfléchi. Elle ne souhaite pas être reconnue duchesse et ce qui l'intéresse au premier chef, c'est de rembourser une dette de huit cents livres qu'elle a contractée.

– Dans ce cas, pourquoi en demande-t-elle cinq mille?

– Je ne peux m'empêcher de penser qu'on le lui a suggéré : j'ai la certitude qu'il y a un cerveau, quelqu'un de très retors, derrière toute cette affaire.

– Vous voulez dire qu'on essaie de nous faire chanter pour nous soutirer de l'argent?

– J'ai l'impression que c'est le cas. Toutefois, il nous faudrait des preuves pour étayer une telle affirmation. En attendant, cette femme est ici, et je ne sais pas très bien ce que nous devons en faire.

– Je refuse, je refuse catégoriquement de frayer d'une façon quelconque avec le genre de femmes que fréquentait votre oncle à Londres et qu'il recevait à l'hôtel des Garon. (La duchesse respira profondément avant d'ajouter :) Je ne vous l'ai jamais dit, mais j'ai entendu parler des orgies qui avaient lieu dans notre demeure londonienne! C'est à l'hôtel des Garon qu'a été donné le bal en l'honneur de mes débuts dans le monde, bal auquel assistait la reine elle-même, et je n'ai quitté cette maison que pour me marier. Votre oncle l'a transformée en lupanar!

Elle parlait avec une véhémence qui le surprit.

Il s'était déjà rendu compte que la marquise était profondément offensée par tout ce qui portait atteinte à sa famille ou en ternissait le nom.

Comme elle était, par ailleurs, généreuse et bonne, il était presque choqué de la voir attaquer son frère avec une telle violence, une telle amertume.

Cependant, il ne comprenait que trop bien ce qu'elle éprouvait; il savait bien mieux qu'elle à quel degré de dépravation était descendu feu le duc et connaissait le genre de vices auxquels il s'adonnait.

Il dit tranquillement :

– Vous verrez que Mlle King est très différente de ce que vous imaginez, et nous ne devons pas oublier qu'elle n'avait que dix-sept ans quand elle a épousé oncle Murdoch. J'ai cru comprendre qu'il l'a abandonnée peu de temps après leur mariage.

– Elle ne peut l'avoir épousé que pour son titre et son argent.

– Probablement, reconnut le duc, mais elle ne veut pas du titre, et il ne s'est pas montré trop généreux depuis leur séparation, il y a six ans.

– Combien lui donnait-il?

La réponse du duc la surprit, comme il s'y attendait.

– Est-ce tout?

– Oui, d'après ce qu'elle dit.

– Elle doit savoir que Murdoch était un homme extrêmement riche.

– Elle affirme qu'elle ne compte pas là-dessus et qu'elle n'est venue ici que contrainte par la maladie : incapable de gagner sa vie, elle s'est lourdement endettée.

– C'est une chanson que je connais très bien. Ces femmes ne cessent de mentir, et il n'est que le Premier ministre pour croire à leurs prétendus « malheurs », qu'elles inventent pour briser le cœur de ceux qui les écoutent.

Le duc était étonné par la dureté de la voix de sa tante, et il lui vint à l'esprit que les grandes dames qui siégeaient dans les comités de bienfaisance, toujours prêtes à se montrer généreuses envers les pauvres et les nécessiteux, changeaient quand leurs propres intérêts étaient en jeu.

En même temps, il comprenait quel choc avait dû éprouver la marquise en apprenant le mariage de son frère; et il avait épousé une femme dont la profession scandaliserait tous les membres de la famille.

– Je vous conseille, tante Muriel, de voir cette jeune femme et de me dire ce qu'à votre avis nous devrions faire pour le moment. (En voyant l'expression de la marquise, il enchaîna promptement :) J'ai déjà, comme il se doit, envoyé une lettre à Arran à Londres en lui expliquant cette affaire et en lui demandant de se livrer à une enquête discrète sur une girl de music-hall nommée Katie King et aussi, bien entendu, de vérifier si le mariage figure bien dans les registres de la cathédrale de Southwark.

– Vous dites qu'ils se sont mariés à la cathédrale de Southwark ? demanda la marquise.

– C'est ce qui est écrit sur le certificat de mariage. Voyez vous-même.

Il lui tendit le certificat. Elle y jeta un coup d'œil puis elle dit :

– Cela me convainc plus que tout que cette histoire est pure invention.

– Pourquoi ?

– Parce que votre oncle s'est querellé avec une bonne partie du clergé, et tout particulièrement avec l'évêque de Southwark.

La marquise réfléchit un moment.

– Cela devait se passer il y a huit, ou peut-être dix ans; Sa Majesté avait été vivement contrariée par des articles à sensation très déplaisants au sujet de la conduite de votre oncle parus dans les journaux de la plus vile espèce. (Elle soupira, comme si cette seule pensée la blessait, puis elle enchaîna :) Je ne sais qui en avisa Sa Majesté, mais elle m'en parla, et je ne pus que lui dire à quel point la conduite de Murdoch affectait notre famille.

« – Je présume que vous ne pouvez rien faire pour l'empêcher de déshonorer son propre nom et de discréditer l'ensemble de la haute société ? me demanda Sa Majesté.

« – Je crains que ce soit impossible, madame, dis-je. Mon frère n'écoutera ni moi ni personne.

« – Nous ne pouvons l'affirmer sans avoir essayé, me répondit la reine. J'en parlerai au Dr Goodwin, l'évêque de Southwark, et je verrai s'il peut, d'une façon ou d'une autre, ramener le duc à la raison. »

La marquise s'arrêta net, et le duc demanda :

– Que s'est-il passé?

– L'évêque, qui était un homme intelligent mais très détaché des choses de ce monde, s'est mis en rapport avec votre oncle et – nous l'avons imaginé – lui a adressé des remontrances.

Un léger sourire se dessina sur les lèvres du duc qui devinait l'issue de l'affaire.

– Apparemment, poursuivit la marquise, votre oncle s'est mis en fureur, lui a signifié le peu de cas qu'il faisait de ses conseils et l'a pratiquement jeté à la porte de l'hôtel des Garon!

Après un silence, le duc reprit :

– Vous pensez donc qu'en l'occurrence, il est peu vraisemblable qu'il ait marié oncle Murdoch?

– C'est la dernière personne à laquelle votre oncle se serait adressé et je suis sûre qu'après ce qui s'était passé, l'évêque aurait refusé d'accéder à une telle requête, répondit la marquise.

– Je vois où vous voulez en venir.

– Le certificat a l'air authentique, mais j'imagine que s'il existe des gens capables de contrefaire des billets de banque, ils peuvent tout aussi bien imiter des certificats de mariage.

– C'est certainement un des éléments qu'Arran et le détective qu'il emploie vont vérifier, affirma le duc. Mais nous en sommes au même point, tante

Muriel : qu'allons-nous faire dans l'immédiat en ce qui concerne Mlle King?

Un silence gênant plana; la marquise le rompit enfin :

– Je suppose que je dois la recevoir! Je ne vous cache pas, Justin, que je suis effarée par l'effronterie dont elle a fait preuve en venant ici et en s'imposant à nous. Je crois pourtant que nous serions plus avisés en la laissant traiter avec nos hommes de loi.

– Pour l'instant, répondit le duc, il me paraît important que le moins de gens possible soient au courant de ces fâcheuses prétentions. Si la presse venait à s'emparer de l'histoire, Dieu sait ce qu'on pourrait publier, et mon plus cher désir est qu'oncle Murdoch repose en paix.

– Oui, naturellement, approuva la marquise. C'est ce que nous désirons tous, et on ne gagne jamais rien à remuer la boue.

– C'est la raison pour laquelle je pense que nous ne devrions pas éveiller l'hostilité de Mlle King. Dès qu'Arran recevra ma lettre, il fera procéder à une enquête pour vérifier l'authenticité de l'histoire. En attendant, il nous faut prendre Mlle King pour ce qu'elle prétend être... la duchesse de Tregaron qui préfère rester dans l'anonymat.

La marquise poussa un cri.

– Je ne peux pas... je ne veux pas l'accepter! Jamais! Jamais! Mon père s'en retournerait dans sa tombe!

– Je pense que nous devons néanmoins accepter les faits, dit fermement le duc. La preuve que Katie King a apportée est, apparemment du moins, très convaincante.

Il y eut de nouveau un silence, puis la marquise dit d'une voix étranglée :

– Où est cette créature ?

– Je n'en ai aucune idée. Je suis allé faire un tour à cheval et, après avoir pris mon petit déjeuner dans le salon, je suis venu directement vous voir.

– Alors envoyez-la chercher, et nous la recevrons dans le petit salon.

– Très bien, tante Muriel, acquiesça-t-il en se levant. Je vais envoyer un domestique lui dire d'y être dans dix minutes.

Lorsqu'il fut sorti, la marquise porta la main à son front comme pour recouvrer un calme qu'elle était loin de ressentir.

Larentia avait l'impression de vivre un rêve depuis son réveil dans la plus jolie chambre qu'elle eût jamais vue.

Elle était restée allongée un moment à admirer, dans la semi-obscurité, le mobilier, les tableaux et le pied sculpté et doré de son lit.

Puis elle s'était précipitée à la fenêtre.

La veille au soir, quand elle avait découvert le château, elle était trop intimidée et troublée par ce qui l'attendait pour se rendre compte de quoi que ce fût, sauf que ce château était colossal, bien plus grand qu'elle ne s'y attendait, et aussi d'une étonnante beauté.

A son arrivée, le ciel était déjà tout étoilé et le clair de lune semblait saupoudrer d'argent les tours crénelées.

Les fenêtres gothiques qui s'ouvraient sur toutes les façades du bâtiment lui donnèrent l'impression qu'il appartenait plus au domaine des contes de fées qu'à celui de la réalité.

Elle savait – son père le lui avait assez répété – que nombre des plus beaux châteaux de la région avaient été bâtis au Moyen Age pour contenir les Gallois belliqueux en deçà de leurs frontières.

Le château des Garon fut achevé par Edouard II, au début du XIVe siècle et, à l'époque, on l'avait considéré comme un des plus beaux édifices construits au Moyen Age.

L'intérieur avait été modifié, modernisé et rénové au cours des siècles mais, à première vue, le château des Garon n'avait guère changé depuis le temps où, quartier général de l'armée, il avait dû frapper ses ennemis de terreur.

Larentia avait l'impression d'être arrivée à l'improviste à Camelot.

Lorsque son père travaillait sur les légendes du roi Arthur, elle avait lu, avec lui et parfois pour lui, les nombreux livres et traités écrits sur le souverain légendaire.

Pour être agréable à son père, elle s'était plongée dans l'*Historia Britonum* de Nennius, une compilation du IXe siècle se terminant par la victoire du Mont Badon. Elle avait étudié les *Annales Cambriae*, et elle avait été profondément émue par la splendeur et la magnificence qui imprégnaient les *Idylles du Roi* de Tennyson.

Pour elle, le roi Arthur ainsi que les chevaliers de la Table Ronde vivaient au plus profond d'eux-mêmes les actes héroïques qu'ils accomplissaient, et la noble magnanimité de leur quête.

Mais en pénétrant dans le château et confrontée

au duc, elle n'avait plus pensé qu'à sa terreur d'être démasquée.

Elle était obsédée par l'idée qu'on pourrait la renvoyer à Londres les mains vides et la crainte que lui inspirait le duc, inquisiteur et juge de l'histoire qu'elle devait raconter, n'avait laissé aucune place aux fantasmes.

Ce matin-là, elle pouvait se laisser aller à croire qu'elle habitait un château magique et que, des fenêtres de sa chambre, elle découvrait un monde mythique.

Le château était bâti sur une colline et dominait un lac au-delà duquel se détachaient les montagnes sur un ciel bleu.

Pour Larentia, c'était à la fois beau et mystique, et elle se reprit à rêver de chevaliers en armure voués à se battre ou à mourir pour leur roi et leur Dieu.

Elle était encore à la fenêtre quand une servante frappa à la porte et entra pour la réveiller.

– Vous êtes matinale, mademoiselle, dit-elle lorsque Larentia se retourna pour lui sourire.

– La vue de cette fenêtre est magnifique, et c'est la première fois que je séjourne dans un château.

– Vous n'en trouverez pas de plus beau.

– Je le crois volontiers! Et j'espère qu'on me permettra de le visiter.

– C'est ce que désirent tous nos hôtes, mademoiselle, et si M. le duc ne vous le fait pas visiter, M. Webster, le conservateur, vous racontera l'histoire des tours à barbacanes, du donjon et de la tour royale. Et, bien sûr, vous voudrez voir la salle des Barons, où les hommes d'armes se réunissaient avant d'aller livrer bataille.

La servante parlait avec un enthousiasme communicatif.

– Je vois que vous aimez le château, dit-elle d'une voix douce.

– J'y ai passé toute ma vie, mademoiselle, et mon père et mon grand-père ont été au service des Garon depuis leur enfance.

Larentia se promit d'en voir le plus possible avant de rentrer à Londres.

Elle s'habilla rapidement, et on la prévint que son petit déjeuner serait servi en bas : un laquais l'accompagnerait.

Elle se sentait un peu intimidée à la pensée de partager son petit déjeuner avec le duc, mais il n'était pas là. Il n'y avait que le majordome qui s'enquit de ce qu'elle désirait manger, et un valet de pied pour la servir.

Puis elle demanda si elle pouvait visiter une partie du château, à moins que le duc ne souhaitât la voir.

– M. le duc est allé faire une promenade à cheval, mademoiselle, mais je suis sûr que M. Webster vous fera visiter volontiers en attendant le retour de M. le duc.

M. Webster était un homme entre deux âges, aux cheveux blancs, qui possédait une telle érudition que Larentia avait une furieuse envie de lui avouer qui elle était.

Elle était certaine qu'il devait avoir entendu parler du Pr Braintree et durant tout le temps de la visite, et dans le donjon où hommes et bêtes trouvaient abri et protection lors des batailles, elle ne cessa de regretter que son père ne fût pas avec elle.

Il aurait été ravi de voir l'ancienne chapelle qui, profanée par les partisans de Cromwell, avait été restaurée et se retrouvait maintenant telle qu'elle avait été érigée en 1350.

Elle s'extasia sur la salle d'armes, avec ses lourdes armures, et elle savait que son père aurait été profondément ému par les portraits de toutes les générations de Garon, dont les brillantes cuirasses se détachaient sur un fond de bataille.

Tout cela était si passionnant que Larentia en avait presque oublié la raison de sa présence au château et la situation difficile dans laquelle elle se trouvait lorsqu'un laquais vint lui dire :

– M. le duc désire vous voir dans le petit salon, mademoiselle. Je vous y conduirai si vous le voulez bien.

C'était comme si on la ramenait brutalement à la réalité en lui jetant au visage un broc d'eau froide.

– Merci, merci, dit-elle au conservateur. Je ne saurais dire à quel point ce fut passionnant de visiter ce merveilleux château rempli de tant de trésors inestimables et de vous entendre m'en parler.

– Ce fut un plaisir pour moi, mademoiselle, et je n'ai pas besoin de vous préciser qu'il reste encore beaucoup de choses à voir.

– J'espère que vous me les montrerez.

Mais elle ne voulait pas faire attendre le duc et elle suivit rapidement le laquais le long des couloirs de pierre aux portes gothiques qui menaient à la grande salle.

Un valet de pied ouvrit la porte du petit salon et

elle fut soulagée de constater que le duc n'y était pas encore.

C'était une très belle pièce, avec, là encore, des portraits des Garon accrochés sur les murs tendus de soie et des écussons héraldiques peints sur les caissons sculptés du plafond d'acajou.

Larentia se sentait trop nerveuse pour s'asseoir. Apercevant quelques livres posés sur une table ronde, elle les regarda et découvrit le dernier livre d'Alfred Tennyson : *Le Saint-Graal et autres poèmes.*

Elle désirait tant le lire qu'elle le prit et l'ouvrit instinctivement.

Elle se trouva soudain plongée de nouveau dans le monde où son père et elle vivaient et respiraient, celui de Camelot.

Elle lisait :

Je le vis aussitôt au loin sur la mer immense
Dans son armure étincelante d'argent, semée d'étoi-
[*les...*

quand la porte s'ouvrit. Le duc pénétra dans la pièce.

Encore troublée par ce que le conservateur lui avait montré et par ce qu'elle venait de lire, elle imagina un instant qu'il était revêtu d'une armure étincelante d'argent.

Ce n'était pas un homme de son temps, mais un chevalier de la Table Ronde voué à vaincre le mal et à instaurer le bien.

Incapable, pendant quelques secondes, de se dégager du passé, elle resta à le contempler, le livre à la main.

Le soleil, qui pénétrait à flots par la fenêtre, faisait flamboyer l'or de ses cheveux.

Le duc, qui semblait aussi troublé qu'elle, demeurait immobile dans l'embrasure de la porte, à l'autre bout de la pièce, et leurs regards se croisèrent.

Combien de temps restèrent-ils ainsi tous deux, sans bouger? On ne saurait l'estimer en temps réel. Puis le duc s'avança, et le charme fut brisé.

Comme si elle avait été surprise en train de faire quelque chose d'interdit, Larentia posa le livre.

Il s'approcha d'elle pour voir ce qu'elle lisait et dit :

– Je vois que vous avez découvert les derniers poèmes de Tennyson! Vous aimez ce qu'il écrit?

– Oui... monsieur le duc.

– Avez-vous lu d'autres livres de lui?

– Mais bien entendu! Les *Idylles du Roi* reposait sur ce que mon père...

Larentia s'arrêta net.

Elle prit brusquement conscience qu'elle avait oublié qu'elle était censée être Katie King.

– Vous parliez de votre père, lui rappela le duc.

– Oui, mais ce n'est pas très... intéressant.

– Cela m'intéresse, surtout si cela concerne le roi Arthur et ses chevaliers.

– Pourquoi dites-vous cela?

– Parce que ici, au château, je me suis toujours senti inspiré par les mythes et légendes de la Table Ronde et, personnellement, j'aime à croire que, contrairement à l'opinion de beaucoup d'érudits, le roi Arthur a vraiment existé.

Larentia joignit les mains.

– Mais bien sûr qu'il a existé! s'exclama-t-elle. Comment peut-on en douter, alors que ses victoires militaires sont décrites de manière si vivante dans tant de compilations? Comment ne pas ajouter foi aux premiers textes littéraires gallois qui font de lui un véritable roi des merveilles?

Elle avait à peine achevé sa phrase, faisant valoir les arguments qu'elle avait si souvent entendu développer par son père et ses amis, qu'elle se rendit compte du regard étonné du duc.

– Vous êtes bien informée, dites-moi! Est-ce M. Webster qui vous en a parlé en vous faisant visiter le château?

– Nous n'avons pas parlé du roi Arthur, mais je lis des textes sur lui depuis mon enfance.

– Quels livres en particulier?

Le sujet lui étant tellement familier, elle répondit sans réfléchir :

– *Mirabilia* et, bien entendu, l'*Historia regum Britanniae* de Monmouth.

Quand elle leva les yeux et vit l'expression qui se peignait sur le visage du duc, elle trouva son étonnement presque insultant.

Quelles raisons avait-il de penser qu'elle, ou même Katie King, dût être ignare?

Larentia connaissait en vérité très peu de jeunes filles de son âge, et il ne lui était jamais venu à l'esprit qu'il était fort peu vraisemblable que quiconque, en dehors de la fille de son père, pût être si familiarisé non seulement avec la littérature médiévale, mais aussi avec des manuscrits n'intéressant que des érudits.

Toute cette histoire la fascinait, et les textes anciens lui étaient aussi faciles à lire que les contes de fées. Mais le duc, qui avait déjà eu le souffle coupé en la voyant, était absolument stupéfait de l'entendre s'exprimer ainsi.

« Je dois rêver », se disait-il.

Il avait conscience que, plus encore que la veille au soir, Larentia personnifiait la déesse Diane, et elle lui donnait l'impression d'être sortie d'un tableau ou descendue de l'Olympe pour venir s'incarner à ses côtés, humaine mais encore nimbée de sa divinité.

Il fit un effort pour se reprendre.

– Comme je vois à quel point les poèmes de Tennyson vous intéressent, mademoiselle, j'espère que vous voudrez bien les lire pendant votre séjour ici et que vous accepterez de les emporter, si vous le désirez.

– Le puis-je vraiment? demanda Larentia. Comme c'est gentil! Je désirais tellement lire son dernier recueil.

Le duc n'avait pas besoin qu'elle précisât qu'elle n'avait pas pu s'offrir le plaisir de l'acheter. Il s'étonna qu'elle n'eût pas demandé à un de ses nombreux admirateurs, quand elle était au music-hall, de lui en offrir un exemplaire.

Puis, alors que Larentia avait les yeux baissés sur le livre et que le duc la regardait, la porte s'ouvrit et la marquise entra.

– Oh, c'est vous, tante Muriel! s'exclama le duc. Permettez-moi de vous présenter Mlle Katie King qui, comme vous le savez, est arrivée hier soir et désire vous voir.

Larentia fit une révérence, elle regarda bien en face la marquise et pensa soudain, avec un brusque serrement de cœur, que cette dernière non seulement la détestait, mais la méprisait.

Elle ne s'y attendait pas et toute sa nervosité lui revint. Elle devrait faire très attention à ce qu'elle dirait et ne pas commettre d'erreurs.

La marquise se contentait de la regarder, sans un mot, d'un air extrêmement intimidant. Le duc commença :

– Je crois que nous devrions nous asseoir près du feu. Il y a un vent très vif aujourd'hui, bien que le soleil soit chaud.

Sans prendre la peine de répondre, la marquise se dirigea vers la cheminée, suivie par le duc, et Larentia les imita à contrecœur.

En s'asseyant, elle se rendit compte que l'atmosphère avait changé. La raideur de la marquise et l'expression de son visage lui révélaient qu'elle allait subir un feu roulant de questions qui seraient vraisemblablement désagréables.

– Quel est votre vrai nom?

La marquise lui décocha la question comme une flèche et Larentia, désarçonnée et impressionnée, répondit sans réfléchir :

– Larentia. (Elle se rendit immédiatement compte de ce qu'elle avait dit et ajouta rapidement :) Mais je danse sous le nom de... Katie King.

– King est votre pseudonyme?

– Oui.

– Vous trouvez donc que « Katie King » sonne mieux sur les planches?

A la façon dont la marquise les prononçait, les deux noms sonnaient ridiculement et Larentia se contenta d'approuver d'une inclinaison de tête.

– M. le duc m'a dit que vous prétendez avoir épousé mon frère, feu le duc de Tregaron.

– Oui... c'est... vrai.

– Vous avez apporté un certificat de mariage et

une lettre. N'avez-vous pas d'autres documents prouvant que ce mariage a vraiment eu lieu?

– Je ne vois pas... quelle autre preuve... vous pourriez désirer.

– Lorsque deux personnes ont l'intention de s'unir comme mari et femme, dit sèchement la marquise, ils échangent d'ordinaire un grand nombre de lettres qui devraient établir leurs rapports.

Il y eut un silence. Puis Larentia répondit :

– Je croyais... que ces papiers... vous suffiraient.

– Vous avez donc d'autres documents chez vous... Puis-je connaître votre adresse?

Harry Carrington avait prévu l'éventualité d'une pareille question, et il lui avait dit : « Vous devrez être prudente. Il ne faut pas qu'ils se livrent à des enquêtes chez vous ou chez Katie. Dites-leur que vous avez habité à droite et à gauche, chez des amis, et que vous n'avez pas, pour le moment, de domicile fixe. »

Avec application, Larentia répéta sa leçon presque mot pour mot.

Elle espérait que le duc et sa tante supposeraient que, malade et démunie, elle avait loué des logements de moins en moins chers et que, finalement, à la mort du duc de Tregaron, elle était venue au château parce qu'elle n'avait plus nulle part où aller.

Puis elle se souvint qu'elle s'occupait d'un grand malade et, avant que la marquise pût poser la question suivante, le duc intervint :

– Hier soir, vous m'avez dit que vous désiriez rentrer rapidement à Londres parce que vous soigniez quelqu'un, mais vous n'avez pas précisé de qui il s'agissait.

Larentia se souvint de justesse que les parents de Katie King étaient morts.

– C'est... mon oncle, dit-elle. Il est seul au monde... comme moi... et il faut que je tienne son ménage et, maintenant qu'il est malade, il faut que je sois là... pour le soigner.

– Que fait votre oncle? s'enquit la marquise.

– Il... est écrivain.

Elle était incapable de mentir.

Elle ne s'attendait pas, cependant, à voir une telle horreur se peindre sur le visage de la marquise.

– Il n'est pas journaliste, au moins?

– Non, non. Il écrit des livres.

Elle comprit la crainte de la marquise que l'histoire de son mariage secret ne parût d'une façon ou d'une autre dans les journaux.

– Quel genre de livres?

Il était de nouveau plus facile de dire la vérité.

– Mon... oncle est... historien.

– C'est pour cela que vous en savez tant sur la période médiévale? dit le duc. Et vous êtes à coup sûr venue au bon endroit pour en apprendre davantage.

La marquise lui jeta un regard qui montra à Larentia qu'elle le trouvait bien trop aimable et estimait qu'il s'éloignait du sujet.

– Monsieur le duc me dit, mademoiselle, que vous exigez la somme énorme de cinq mille livres pour garder le silence sur votre mariage. Il existe un mot très désagréable pour qualifier une telle requête. C'est « chantage ».

C'était aussi l'opinion de Larentia mais, à la façon dont cela était dit, elle le ressentit comme une insulte personnelle, et elle en fut offensée.

Elle estimait que Katie s'était bien conduite en demeurant fidèle à la parole donnée. Aussi répondit-elle, presque en colère :

– Je n'ai pas fait chanter M. le duc après qu'il m'a abandonnée, et je ne désire nullement vous faire chanter, madame la marquise, ni vous ni... personne. Tout ce que je demande, c'est l'argent qu'on m'avait promis, et j'ai seulement proposé qu'on me règle la dette une bonne fois pour toutes, plutôt que mensuellement.

– Il nous faudra bien sûr établir d'abord que la « dette », comme vous dites, existe, et que votre mariage avec le duc a vraiment eu lieu.

– Pourquoi en douteriez-vous, demanda Larentia, alors que je vous ai apporté le certificat de mariage ?

Elle essayait de prouver qu'elle était prête à se défendre, mais elle avait elle-même conscience de parler d'une voix faible et craintive.

– Je suis sûr, mademoiselle, dit le duc, que vous comprenez : nous devons non seulement vous interroger, mais aussi nous assurer que feu le duc, qui nous a quittés, vous a vraiment épousée d'une façon aussi surprenante.

– Ses raisons... il les a exposées très... clairement dans la... lettre, dit Larentia.

– Ce n'est pas aujourd'hui qu'on a commencé à contrefaire les écritures, fit remarquer la marquise.

Ces mots firent sursauter Larentia et, pour la première fois, elle s'interrogea sur l'authenticité de la lettre.

Puis, en y réfléchissant, elle s'aperçut que le papier n'était pas de première qualité et qu'il n'y avait pas, comme on aurait pu s'y attendre, d'en-tête avec emblème héraldique ou armoiries.

Or, en visitant le château, elle avait remarqué que les Tregaron étaient très fiers de leurs quartiers héraldiques.

Sur presque tous les tableaux, les armes du Garon de l'époque figuraient soit sur son bouclier, soit à côté du personnage.

Il y avait des boucliers accrochés le long de l'escalier de pierre, sur le manteau de la cheminée, dans la bibliothèque, sur le plafond de la pièce où ils s'entretenaient maintenant, et sur chaque tombeau de la vieille chapelle qu'elle avait visitée avec M. Webster.

Il semblait donc étrange que le duc eût écrit à Katie sur du papier ordinaire et plus étrange encore, pensa Larentia, que le papier lui-même ne fût pas particulièrement froissé ni sali le moins du monde.

Katie devait avoir gardé la lettre pendant six ans et, même bien enveloppée et serrée dans un coffret, il était peu vraisemblable qu'elle parût si fraîche.

Ces pensées lui traversèrent l'esprit. Mais, si la marquise avait éveillé en elle quelque soupçon quant à la lettre, restait le certificat de mariage, et Harry Carrington l'avait assurée que le mariage avait été inscrit dans le registre de la cathédrale de Southwark.

Elle leva le menton et dit paisiblement :

– Si Mme la marquise conserve quelque doute, il serait plus sage que vous vous rendiez à la cathédrale de Southwark pour consulter le registre des mariages, puisque c'est là que le mariage a eu lieu.

– Ce que j'essaie de comprendre, dit la marquise, c'est la raison pour laquelle vous avez consenti à garder le mariage secret. Vous avez dû, sans conteste, vous, une fille sans envergure, une girl de music-hall, vous sentir fière de devenir duchesse?

– Je l'ai fait parce que M. le duc me l'a demandé, dit Larentia, toujours d'une voix paisible.

Le duc, attentif, pensa qu'elle avait marqué un point non par ce qu'elle avait dit, mais par la façon dont elle l'avait dit.

La marquise jeta un coup d'œil au duc comme si elle lui demandait son aide pour poursuivre son interrogatoire.

– Je pense, mademoiselle, dit le duc après un instant de silence quelque peu gênant, qu'il serait préférable d'attendre que nous ayons effectué une enquête sur vos droits et que nous discutions des dispositions qui pourraient être prises pour l'avenir quand nous aurons les preuves irréfutables de ce mariage.

Il vit l'horreur se peindre dans le regard de Larentia.

– Est-ce que vous voulez dire... monsieur le duc... qu'il va falloir que... j'attende peut-être... longtemps que vous vous rendiez à la cathédrale pour examiner le registre des mariages et que vous vous livriez à des enquêtes complémentaires?

– Oui. Je suppose qu'il doit y avoir des gens qui vous ont vus ensemble, le duc et vous, et qui étaient au courant de vos relations?

– Vous ne pouvez... me faire attendre si longtemps! s'écria Larentia. Je vous ai déjà dit qu'il fallait que je rentre à Londres auprès de... mon oncle! Il vous faudra des jours... peut-être des semaines pour découvrir ce que vous voulez savoir... et, pendant ce temps, il se pourrait... qu'il meure sans moi.

– S'il est vraiment aussi malade que vous le dites, fit remarquer le duc, comment avez-vous pu le laisser seul?

– On s'occupe de lui pour le moment, dit vivement Larentia, mais il faut que je rentre et... je vous en prie... si vous ne voulez pas me donner tout l'argent que j'ai demandé... pourrais-je au moins avoir... l'argent pour... rembourser ma dette?

– Si on établit le bien-fondé de vos prétentions, mademoiselle, vous aurez certainement droit aux cinq mille livres que vous avez demandées, ou peut-être – cela dépend de la décision des hommes de loi – à une rente mensuelle. Mais, tant que nous n'aurons pas d'autres preuves que celles que vous nous avez fournies en nous apportant ces deux documents, je crains qu'il ne vous faille attendre. C'est la seule solution.

– Mais je vous ai dit que c'était... impossible! Je vous en prie... monsieur le duc... Donnez-moi les huit cents livres. Ça ne doit pas représenter beaucoup pour vous... Mais ça représente plus que je ne pourrais le dire... pour moi.

Tandis qu'elle parlait, elle voyait très nettement le visage et les yeux avides d'Isaac Levy!

Elle savait que s'il s'apercevait qu'on lui avait escroqué non seulement l'argent qu'il leur avait prêté mais aussi les intérêts exorbitants qu'il exigeait, il se vengerait d'une façon qu'elle n'osait imaginer.

Et s'il s'en prenait à son père quand il sortirait de

la clinique? Et s'il faisait saisir tout ce qu'ils possédaient chez eux?

Larentia vivait dans un quartier pauvre et elle savait avec quelle cruauté on pouvait traiter les malheureux qui devaient de l'argent à leur propriétaire, à un collecteur d'impôts ou même à leurs voisins.

Des hommes étaient rossés ou même assassinés pour des sommes ridicules, et d'après ce qu'elle avait entendu dire sur l'usurier, elle avait l'impression que rien ne l'arrêterait s'il s'agissait de récupérer son argent.

– Je vous en prie... je vous en prie, suppliait-elle maintenant, aidez-moi et... je vous jure que je ne vous créerai pas... d'ennuis et que je... ne ferai rien qui puisse... vous contrarier.

Le duc se leva brusquement.

– Je crois, tante Muriel, dit-il, qu'il ne sert à rien de laisser Mlle King se mettre dans un état pareil. Peut-être sommes-nous tous un peu surexcités par la surprise qu'a créée cette nouvelle, et devrions-nous reprendre calmement et tranquillement cette discussion plus tard dans la journée, examiner ce qu'on peut faire pour régler cette affaire au mieux de nos intérêts à tous.

– Je ne crois vraiment pas qu'il y ait à discuter de quoi que ce soit, Justin, répliqua la marquise. Il se peut que Mlle King soit pressée de recevoir son argent, ce qui est, bien entendu, très compréhensible, et facile à expliquer. En même temps, nous devons nous protéger contre les manœuvres frauduleuses. Mais, comme vous le proposez, nous laisserons les choses en l'état jusqu'à cet après-midi. Je me sens personnellement bouleversée par ce qui s'est passé.

La marquise se leva et, sans un regard à Larentia, elle tourna le dos et se dirigea vers la porte avec une grande dignité.

Le duc la lui ouvrit et ce ne fut qu'après l'avoir refermée qu'il se tourna vers Larentia. Elle s'était levée de sa chaise et le regardait avec une expression infiniment pathétique.

Il y avait aussi, pensa-t-il en revenant vers elle, quelque chose de totalement désemparé dans son attitude.

Il lui apparut brusquement que ce n'était pas une de ces filles de music-hall, insolentes et intrigantes, comme le prétendait la marquise, mais une jeune femme désorientée, totalement incapable de faire face à la situation dans laquelle elle se trouvait.

Puis il se dit qu'il était ridicule.

Elle était actrice. Comment pouvait-il croire qu'elle fût incapable de jouer la comédie?

Quand il s'approcha d'elle, elle leva les yeux vers lui, leurs regards se croisèrent, et elle dit d'une petite voix brisée, à peine audible :

– Aidez-moi... je vous en prie... aidez-moi... je ne sais pas... que faire!

5

Larentia était assise au soleil, sur une pente herbue qui montait jusqu'au donjon.

Le soleil était très chaud et elle avait retiré son chapeau et le châle qu'elle avait jeté sur ses épaules. Le recueil de Tennyson, ouvert sur le poème du Saint-Graal, était posé sur ses genoux.

Elle s'attachait aux mots qu'elle lisait, avec la sensation qu'ils devaient lui adresser un message, mais sans être sûre de ce qu'elle y trouverait.

Les mots créaient en elle des images mentales plus ou moins liées à la beauté du château et à l'atmosphère de mysticisme à laquelle elle ne pouvait échapper, où qu'elle allât ou portât ses regards.

Pour le moment, elle avait oublié ses ennuis et ses difficultés et se laissait entraîner dans un lointain passé où les chevaliers du roi Arthur enfourchaient leurs montures pour voler au secours des femmes menacées par le Mal, qu'il prît la forme d'un dragon ou d'une sorcière.

« Ils me sauveraient, eux », pensa Larentia, puis elle aperçut le duc qui se dirigeait vers elle en foulant le gazon.

Elle s'était rendu compte, lorsqu'elle avait fait

appel à lui dans le petit salon que, même si cela semblait insensé, il désirait l'aider.

Un instant, elle avait imaginé qu'il allait accepter de lui donner l'argent et qu'il la laisserait rentrer à Londres.

Puis il avait dit :

– Puis-je réfléchir à votre demande et vous faire savoir plus tard dans la journée ce que j'ai décidé? Je me rends pleinement compte qu'il y a pour vous urgence, et j'en comprends les raisons, mais j'ai aussi le devoir de me montrer juste et loyal à l'égard de ma famille.

– Oui... bien entendu... vous avez raison.

Elle n'ignorait pas que sa position était sage et juste, mais, contre toute logique, elle avait été déçue.

Elle comprit, durant le déjeuner qu'elle prit seule, que la marquise se refusait à frayer avec elle.

Elle aurait dû s'y attendre au lieu de croire qu'une vieille dame se montrerait peut-être compatissante parce que Katie King était jeune et naïve.

En y réfléchissant, Larentia se souvint de l'acrimonie avec laquelle ses grands-parents maternels avaient désapprouvé le mariage de leur fille parce que le professeur était pauvre et n'avait rien pour lui en dehors de ses distinctions académiques, lesquelles ne comptaient guère à leurs yeux.

La famille de sa mère était originaire du nord de l'Angleterre, et son arbre généalogique remontait à plusieurs siècles.

Bien qu'ils ne fussent certainement pas les égaux des Garon, ils étaient de bonne souche et avaient leurs racines dans un domaine qui leur appartenait depuis des générations.

Larentia se souvenait de son grand-père, un vieux gentilhomme autoritaire, qui donnait des ordres d'un ton sec à ses enfants et à ses domestiques, exactement comme il commandait son régiment.

Les deux frères de sa mère étaient aux Indes, au service de leur pays comme leur père avant eux : Larentia ne les avait pas vus depuis plus de sept ans.

A la mort de son grand-père, la plus grande partie du domaine avait été vendue, et l'argent en était revenu à ses fils. Sa fille, la mère de Larentia, avait reçu une rente fort modeste, et le reste devait être administré par fidéicommis jusqu'à la majorité de Larentia.

Cela rapportait un peu plus de cent livres par an, dont son père et elle devaient se contenter pour vivre, quand ses ouvrages cessaient de se vendre et que ses éditeurs ne voulaient pas lui consentir une avance.

Larentia savait bien qu'il ne servirait à rien de s'adresser aux hommes de loi de son père pour obtenir plus que ce qu'on lui envoyait chaque trimestre. Ils se contenteraient de lui répondre d'attendre sa majorité pour toucher à son capital.

Avant que Harry Carrington n'eût suggéré qu'elle pourrait se procurer l'argent pour l'opération de son père en se faisant passer pour Katie King, elle s'était demandé avec désespoir ce qu'elle ferait et où elle irait quand son père mourrait.

Elle avait de nombreux cousins qui habitaient le nord de l'Angleterre mais, d'après sa mère, ils étaient pauvres, et elle était certaine qu'ils n'auraient nulle envie d'accueillir une bouche supplémentaire.

Elle devrait donc trouver un emploi quelconque, mais elle n'avait aucune idée de ce qu'elle pourrait faire. Elle savait, certes, tenir la maison de son père avec une grande compétence, mais ce genre d'aptitude ne permettait pas de gagner sa vie.

La façon dont le duc vivait était une révélation pour elle, et le gaspillage de nourriture qu'elle avait constaté la confortait dans l'idée que la somme réclamée pour sauver la vie de son père et de Katie n'était qu'une « goutte d'eau dans l'océan » de ses dépenses annuelles.

Au petit déjeuner, on lui avait offert de choisir entre six plats, et, sur une petite table, étaient disposés une coupe de fruits de serre et un service à café en argent qui apparurent à Larentia comme le symbole même du luxe. Et au déjeuner, les plats s'étaient succédé de même.

Tandis que deux laquais débarrassaient la table des plats en argent armoriés, elle avait de nouveau pensé que huit cents livres étaient une somme ridicule pour le duc, et combien il lui serait aisé de les lui donner et de la laisser partir.

Après le repas, elle avait parcouru les couloirs, admiré les tableaux inestimables, les beaux meubles, les consoles sculptées, les commodes incrustées d'ivoire et les marbres hors de prix.

Le contraste entre tout cela et sa propre vie, où elle devait compter chaque sou, lui semblait grotesque.

Quand elle sortit pour se promener au soleil, elle implora Dieu que le duc se montre généreux afin qu'elle puisse rentrer à Londres sans craindre le menaçant Isaac Levy.

Mais quand elle ouvrit le recueil de poèmes de

Tennyson, elle oublia tout pour ne plus entendre que la musique des mots.

Elle lut à haute voix pour elle-même, puis elle attendit la réponse que le duc allait lui apporter.

Elle ne bougeait pas, et le soleil l'aveuglait de telle sorte qu'elle avait l'impression de l'avoir déjà vu, « *revêtu d'une armure étincelante d'argent, semée d'étoiles.* »

Il s'approcha d'elle et, regardant sa tête qui se profilait sur les pierres sombres du donjon, il dit :

– Je m'attendais un peu à vous trouver ici.

– J'ai pensé que c'était un... endroit approprié pour... lire le livre que... vous m'avez prêté.

– Je l'ai apporté au château pour la même raison.

Larentia se rendit soudain compte qu'elle était assise alors que le duc était debout. Elle allait se lever quand il sembla lire dans ses pensées et s'assit sur le sol à côté d'elle.

Sentant qu'il avait quelque chose à lui dire, elle attendit, les yeux fixés sur ce visage aux traits bien dessinés qu'elle avait déjà vu reproduit à une centaine d'exemplaires sur les murs du château.

– C'est Justin Garon qui a fait construire ce château, dit-elle impulsivement. Avez-vous parfois l'impression qu'il est encore ici?

Elle ne savait pas très bien pourquoi elle avait posé la question. Celle-ci lui était venue aux lèvres sans qu'elle y eût réfléchi.

Le duc se tourna vers elle et, après une brève hésitation, répliqua :

– C'est peut-être simplifier à l'extrême ce que je ressens à l'égard de sir Justin et de ceux de mes ancêtres qui ont vécu ici. J'ai sans conteste une conscience très vive de l'atmosphère qu'ils ont créée et qui demeure vivante.

– Je la sens aussi. Je suis sûre qu'ils étaient bons car, lors de ma visite, je n'ai pas décelé la moindre trace de mal.

Sans manifester de surprise, le duc demanda simplement :

– Etes-vous toujours aussi sensible que cela à l'atmosphère d'un lieu ?

– Très souvent.

Elle pensait à ses impressions lors de sa visite d'Oxford, avec son père; il lui avait fait faire le tour des vieux collèges, tout imprégnés d'histoire, et voir Cambridge où la chapelle du collège du roi demeurait une image vivante de la beauté et de la sainteté.

Une fois, il avait fait une conférence à des érudits au British Museum et elle avait eu l'impression que nombre d'objets exposés s'adressaient à elle d'une façon que seul son père pouvait comprendre.

– Vous devez absolument être d'origine celte, dit le duc en souriant. Les Celtes, surtout les Irlandais, les Ecossais et les Gallois, sont toujours doués de seconde vue et ils ont développé leur sensibilité alors que les Anglais ont lamentablement laissé disparaître ce don.

– Vous parlez comme si vous étiez celte vous-même.

– Ma mère était irlandaise, répondit le duc, et ma grand-mère galloise. Je pense parfois que leur sensibilité lutte sans cesse avec le gros bon sens de mes ancêtres anglais !

Larentia rit.

– Qui est le vainqueur ?

– En ce moment, répondit le duc, les yeux pétillants de malice, les Celtes l'emportent nettement.

Ils devisèrent pendant près d'une demi-heure, et Larentia le pria de lui raconter la saga de sa famille.

Elle le trouva excellent conteur, faisant si bien revivre le passé qu'elle avait l'impression que ses ancêtres éprouvaient toutes les ambitions, les inquiétudes et les déceptions de la vie ordinaire – toutes choses que le duc semblait ressentir comme eux.

Elle bavardait avec une aisance dont elle n'avait jamais fait preuve devant un inconnu. Soudain, elle aperçut un domestique qui traversait la pelouse et se dirigeait vers eux.

Le duc le vit aussi et poussa un léger soupir.

– J'attends un de mes voisins cet après-midi, dit-il, et il faut que je rentre, mais j'espère que vous dînerez avec moi ce soir. (Devant la surprise de Larentia, il expliqua :) Je crains que ma tante n'éprouve pas beaucoup de sympathie pour vous. C'est pourquoi elle m'a prévenu que, bouleversée d'avoir appris la mort de mon père et son mariage secret, elle préfère se retirer dans sa chambre.

Le duc attendait sa réponse et Larentia se décida enfin à balbutier d'une voix basse :

– Je dînerais... volontiers... avec vous, monsieur le duc... si vous êtes... sûr que c'est... ce que je dois faire.

– C'est ce que je désire, répondit-il et nous pourrions non seulement poursuivre notre conversation, à laquelle j'ai pris grand plaisir, mais aussi, puisque vous le souhaitez, parler de votre avenir.

– Alors je serais très heureuse de dîner avec vous, monsieur le duc.

Il lui sourit puis s'éloigna avec le valet de pied.

Celui-ci l'avait apparemment informé de l'arrivée du visiteur et le duc se dirigea à grands pas vers l'entrée du château.

Une fois encore, Larentia l'imagina comme un chevalier répondant à un appel pressant et enfourchant son cheval pour aller accomplir sa mission libératrice.

Plus tard, en mettant la seule robe du soir qu'elle possédait, elle se dit qu'il était passionnant de dîner seule avec un homme. Si seulement elle pouvait être elle-même et non jouer un rôle!

C'était sa première expérience de ce genre, et elle se demandait quelle serait la réaction de son père s'il savait ce qu'elle faisait et où elle était.

Bien qu'elle fût préoccupée par autre chose, elle ne cessait de prier pour que l'opération réussît afin qu'à son retour à Londres, elle trouvât son père engagé sur la voie de la guérison et qu'ils pussent de nouveau être ensemble.

Il avait, naturellement, manifesté quelque curiosité à l'égard de son bienfaiteur. Qui était-il?

– La seule hypothèse, papa, avait dit Larentia, c'est que le Dr Medwin en ait parlé à quelqu'un qui a dû en parler à quelqu'un d'autre, et un admirateur de tes travaux sur l'histoire médiévale aura décidé de faire ce don généreux.

– C'est extrêmement gentil, avait rétorqué le professeur, si gentil qu'en rentrant à la maison, il faudra que je m'efforce de découvrir qui est ce « bon Samaritain » et, naturellement, bien que ce soit difficile, tout faire pour lui rendre son argent.

Larentia n'avait pas tenté de l'en dissuader, et elle avait pris grand soin de cacher à son père le coût exact de l'opération.

Quand il s'en était inquiété, elle s'était contentée de lui répondre vaguement que le Dr Medwin s'était arrangé avec le Dr Sheldon Curtis et qu'eux-mêmes ne devaient s'intéresser qu'à une seule chose : il serait opéré par l'élève de Joseph Lister, le meilleur chirurgien de Londres.

– Comme tu le sais, j'ai toujours vivement admiré Lister, avait dit le professeur avec satisfaction, et je suis certain qu'à l'avenir, il sera salué comme le grand homme qu'il est indiscutablement.

– Et tu pourras témoigner qu'il réussit à écarter l'infection, avait ajouté Larentia, sentant que cette idée ravirait son père.

Quand elle fut habillée, elle se regarda dans la glace : elle y vit le visage de son père, blême de douleur, essayant de lui cacher l'angoisse qu'il éprouvait.

« Je devrais être auprès de lui », pensa-t-elle.

Avant la fin de la soirée, elle devrait avoir persuadé le duc de lui donner l'argent et de la laisser rentrer à Londres.

Elle ne songeait qu'à son père et ignora à quel point la simple robe blanche qu'elle avait confectionnée elle-même la mettait en valeur.

Le tissu en était modeste mais la robe dessinait ses formes et ondoyait à l'arrière sur une petite tournure à la mode, copiée dans un magazine.

Elle avait trouvé peu raisonnable de dépenser quelques shillings de tissu alors qu'ils étaient tellement à court d'argent.

Mais elle n'avait rien à se mettre, le soir, alors que

son père se changeait toujours pour dîner, et elle savait qu'il était peiné de la voir porter des vêtements minables et élimés, et qu'il avait l'impression d'en être responsable.

Elle avait donc cousu avec application pour terminer la robe et, comme celle-ci était d'un modèle presque classique – corsage serré révélant sa poitrine menue et sa taille fine, jupe ramenée vers l'arrière soulignant le galbe de ses hanches –, lorsque Larentia entra dans le salon où le duc l'attendait, elle lui apparut plus que jamais comme l'incarnation de Diane.

Puis, quand elle le regarda, elle eut un hoquet de surprise.

Elle avait vu son père en tenue de soirée et lorsque, de temps à autre, elle lisait des conférences à sa place, les auditeurs étaient, pour la plupart, en tenue de soirée.

Mais il n'y avait pas de commune mesure entre ces érudits et le duc.

Déjà impressionnant le jour, il avait, le soir, une majesté qui donna à Larentia la sensation qu'il venait d'une autre planète.

Elle avança lentement vers lui. Il lui sourit et elle s'inclina respectueusement, avec une grâce qui lui était déjà familière.

– Qu'avez-vous fait tout l'après-midi? demanda-t-il.

On avait l'impression qu'il se forçait à s'adresser à elle sur un ton ordinaire, mais ses yeux posés sur la chevelure de Larentia tenaient un langage tout différent.

– J'ai... lu et... réfléchi, monsieur le duc.

– C'est ce que j'aurais aimé faire avec vous, mais,

malheureusement j'ai dû écouter une longue dissertation assez agressive sur la politique locale.

– J'imagine qu'on vous a demandé de faire valoir les revendications des fermiers à la Chambre des lords, dit avec finesse Larentia.

– C'est vrai, reconnut le duc, mais je suis surpris qu'en vivant à Londres, vous connaissiez les problèmes de la campagne.

Larentia eut du mal à taire que, du vivant de sa mère, ils n'habitaient pas Londres mais le Hertfordshire, où ils possédaient une petite maison dans un paisible village, lieu idéal pour son père qui pouvait écrire ses ouvrages sans être dérangé.

Ce n'est qu'à la mort de sa femme qu'il s'était installé à Londres pour ne pas laisser Larentia seule lorsqu'il devait donner des conférences et se livrer à des recherches dans les bibliothèques et les musées.

– Je préfère encore la campagne, dit Larentia après un bref silence.

– Et pourtant, vous avez choisi un genre de vie qui est tout à fait à l'opposé de cette inclination, lança le duc d'un ton accusateur. A la campagne, nous sortons dans la journée et nous allons nous coucher de bonne heure, et vous faites exactement le contraire.

C'était comme s'il l'accusait d'infidélité à l'égard d'elle-même, aussi ne répondit-elle pas tout de suite.

– J'ai des raisons de ne pas vouloir m'en expliquer. Parlons donc de vous, monsieur le duc, et de votre château.

– Nous en avons parlé cet après-midi. C'est à mon

tour, maintenant, me semble-t-il, de vous interroger.

– Non, je vous en prie, supplia Larentia.

A son grand soulagement, on annonça que le dîner était servi.

Le duc n'ayant pas encore donné ses ordres pour qu'on servît les repas dans la pièce plus intime qu'il préférait, mais qui était fermée depuis des années, ils dînèrent dans la grande salle à manger.

Larentia était fascinée par cette immense pièce, par la beauté de son plafond voûté et la galerie sculptée de musiciens à une de ses extrémités.

Elle avait l'impression de jouer un rôle dans une pièce de théâtre, et craignait de commettre une erreur en récitant son texte, laissant ainsi soupçonner au duc qu'elle n'était pas ce qu'elle prétendait être.

Sachant qu'il serait intéressé, elle lui raconta des histoires qu'il ne connaissait pas sur le roi Arthur, et ils discutèrent, comme elle aurait pu le faire avec son père, de l'exactitude des sources françaises.

Les Français, pour des raisons qui lui échappaient, avaient publié, depuis le XIIe siècle, beaucoup de livres sur le roi Arthur et les chevaliers de la Table Ronde.

Quand les domestiques eurent quitté la pièce, le duc, assis dans son fauteuil sculpté, un verre de cognac à la main, se décida enfin :

– Je ne sais plus que penser, mademoiselle.

– Pourquoi?

– Etant donné votre savoir exceptionnel, extraordinaire sur l'histoire médiévale, votre connaissance du français et du gallois, comment avez-vous pu choisir de gagner votre vie sur les planches?

Ayant une fois de plus oublié son rôle, Larentia le regarda en essayant de trouver une réponse plausible.

Il lui fallut quelques secondes pour y parvenir.

– Je ne crois pas que... tout ce dont nous avons... parlé ce soir... soit très facile à exploiter financièrement.

– Au contraire. Je suis sûr qu'il existe de nombreux historiens qui accueilleraient à bras ouverts une assistante ou une secrétaire ayant sur leurs travaux les connaissances que vous possédez.

Larentia avait grande envie de l'informer qu'il se trompait.

La plupart des historiens, comme son père, étaient trop pauvres pour s'offrir le luxe d'une secrétaire et, si jamais elle venait à travailler pour eux, elle devrait le faire gratuitement.

Elle jugea préférable de garder le silence, et le duc poursuivit :

– Je suppose que c'est votre beauté qui vous fait préférer être applaudie par la foule plutôt qu'appréciée par un lecteur solitaire.

Il lut dans les yeux de Larentia la surprise suscitée par ce compliment.

Elle détourna le regard.

– Il n'est pas... facile, pour une femme, de... gagner sa vie dans ce qui est essentiellement... un monde d'hommes.

– C'est très bien ainsi, car l'homme doit subvenir aux besoins de la femme et, si cela était possible, aucune femme ne devrait avoir à travailler.

– Même à l'époque de la construction du château, dit Larentia en essayant de prendre un ton léger, il y a eu des femmes pour y travailler. Elles récuraient, nettoyaient, faisaient de la couture ou s'occupaient des enfants.

– Oui, bien sûr, acquiesça le duc, mais elles n'avaient sûrement pas votre allure!

Le rouge monta aux joues de Larentia, révélant au duc, surpris, qu'elle était timide.

Il se pencha pour poser son verre sur la table avant de poursuivre :

– Beaucoup d'hommes ont dû vous dire que vous étiez ravissante, mais ce château est exactement le cadre qui convient à votre beauté : je peux imaginer que vous venez d'entrer à Camelot.

Cette phrase ne fit qu'accroître la gêne de Larentia; il lui fallait à tout prix trouver un moyen de l'interrompre : elle se hâta de répliquer :

– Peut-être... monsieur le duc... ai-je tort... de n'avoir pas pris congé... maintenant que nous... avons fini de dîner.

– Vous n'avez pas de raison de vous retirer, et je ne le souhaite pas; je pense au contraire que nous pourrions passer au salon.

Larentia se leva immédiatement. Il lui ouvrit la porte et ils avancèrent en silence dans le vaste couloir.

On avait allumé les bougies dans le salon, et l'immense pièce semblait plus belle encore qu'à la lumière du jour.

Un feu brûlait dans l'âtre, et Larentia tendit ses mains vers les flammes.

– Vous avez froid? demanda le duc.

– Aux doigts.

Elle ressentait une vive appréhension, cependant nullement désagréable. Plutôt un trouble qu'elle n'avait encore jamais éprouvé.

La proximité du duc la faisait vibrer et elle avait une conscience aiguë de sa présence virile.

« Je me conduis stupidement, pensa-t-elle, parce que je ne me suis jamais trouvée dans une telle situation. »

Mais elle savait que c'était bien davantage que cela, quelque chose qu'il était difficile de formuler. Et, pourtant, c'était indiscutablement ce trouble qui faisait vibrer tout son corps, un trouble qui paraissait émaner du duc et qui l'attachait à lui.

Il était tout près d'elle. Elle avait conscience qu'il regardait ses cheveux; elle sentit qu'il n'osait exprimer ses pensées et elle lança :

– J'ai... l'impression que vous me regardez... d'un œil critique.

– Je vous admire! répondit le duc d'un ton assuré. Y voyez-vous un inconvénient?

– Cela... m'intimide.

– Comment pouvez-vous être intimidée? Vous m'intriguez, Larentia, et je commence à croire que vous m'avez jeté un sort auquel il m'est difficile d'échapper.

– Si Merlin était ici, il vous... dirait comment... le conjurer.

– Mais il n'est pas ici, répondit le duc. Alors, je suis votre esclave.

Larentia voulut rire, mais elle était incapable de regarder le duc en face, comme elle était incapable de s'éloigner de lui.

– Regardez-moi, Larentia! lança soudain le duc.

Il avait pris un ton de commandement et elle lui obéit. Quand leurs regards se rencontrèrent, il dit d'une voix très douce :

– Pourquoi êtes-vous si mystérieuse? Dites-moi la vérité sur vous!

Larentia savait qu'il fallait protester et, cependant, le mensonge ne pouvait franchir ses lèvres.

Au lieu de cela, des mots qu'elle avait lus, l'après-midi, lui venaient avec insistance à l'esprit, comme si le duc lui-même les avait prononcés :

Alors qu'il parlait ainsi, ses yeux fixés sur moi
M'attirèrent, me livrèrent à son pouvoir, et je ne [fis
Plus qu'un avec lui, croyant ce qu'il croyait.

Un avec lui!

Elle ne pouvait détacher son regard de celui du duc, elle savait que son pouvoir l'attirait, qu'elle était sa prisonnière, qu'elle le voulût ou non.

Très lentement, comme s'il obéissait davantage à un mouvement musical qu'à une impulsion humaine, le duc prit Larentia dans ses bras et l'attira contre lui.

Ils ne se quittaient pas du regard, et elle n'avait qu'une vague conscience de ce qu'il faisait, ne sachant même pas si c'était lui ou elle qui avait bougé.

Elle avait une seule certitude : elle ne faisait qu'un avec lui, il en avait toujours été ainsi et il en serait ainsi à l'avenir; rien n'aurait pu empêcher leur rencontre.

Il l'attira plus près encore puis il posa ses lèvres sur les siennes et sentit lc léger frisson qui la parcourait et qu'elle lui communiqua.

Pour Larentia, la sensation était plus forte, un rêve dans lequel elle avait baigné depuis qu'ils s'étaient parlé devant le donjon et qu'elle s'était sentie dans l'impossibilité de se libérer de cet homme, même quand il était absent.

Et ce baiser, le premier de sa vie, était bien tel qu'elle l'espérait.

Elle se livrait à un homme qui la dominait parce qu'il était un homme, et qui prenait sous sa protection non seulement son corps mais son âme. Et elle ne pouvait y opposer aucune résistance.

Ce n'était pas seulement le duc qui la retenait captive. C'étaient aussi le mystère du château et des chevaliers qui y avaient vécu et la magie des légendes qui l'avaient habité tout au long des siècles.

Le duc éveillait en elle un ravissement étrange qu'elle sentait frémir dans tout son corps. C'était exactement ce qu'elle avait éprouvé en lisant l'histoire du roi Arthur et le récit de ses actes de bravoure et d'héroïsme.

Il l'attirait dans un monde mystique qu'elle avait toujours perçu intuitivement, mais dans lequel elle n'avait jamais encore pénétré.

Parce que ce monde était parfait et représentait à ses yeux la découverte du Saint-Graal qu'elle avait tant désiré trouver, elle avait l'impression que le duc l'élevait jusqu'à Dieu, qu'ils n'étaient plus humains mais divins.

Les lèvres du duc se firent plus insistantes, plus exigeantes, mais avec une sorte de respect qui devait toujours, aux yeux de Larentia, être lié au véritable amour, si elle devait jamais le rencontrer.

C'était l'amour qu'elle avait imaginé et qui s'exprimait dans les légendes arthuriennes. Pourtant, maintenant, il était réel, aussi réel qu'elle-même, aussi réel que le duc.

La quintessence de tous ses rêves.

Il la serra plus étroitement, et elle eut l'impression qu'un rayon de soleil l'avait soudain transpercée, l'embrasant des lèvres à la poitrine.

Puis il leva la tête, et elle cria presque de regret : il brisait l'extase dans laquelle il l'avait plongée.

– Vous m'avez ensorcelé, dit le duc d'une voix mal assurée.

Elle murmura vaguement quelque chose et enfouit son visage dans le creux de son épaule.

– Comment avez-vous pu venir à moi comme la Diane dont j'ai aimé le portrait au premier regard? Je n'aurais jamais cru qu'une femme pouvait lui ressembler.

Il sentit Larentia frissonner contre lui et il lui baisa les cheveux avant de poursuivre :

– Vous êtes belle! Si délicieusement belle! Et je sais que je dois veiller sur vous, et que, quel que soit votre passé, votre avenir est avec moi.

Il glissa les doigts sous son menton et lui releva la tête.

– Qu'éprouvez-vous pour moi? demanda-t-il. Dites-le-moi, bien que je pense connaître déjà la réponse.

– Je... vous aime... et je... n'y peux rien! Je vous ai aimé... dès que je... vous ai vu... *en armure étincelante d'argent, semée d'étoiles*!

Le duc sourit.

– Vous m'avez vraiment vu ainsi?

– C'est... ainsi... que vous étiez!

– Et pour moi, vous étiez la Diane du tableau de Boucher à qui j'allais rendre hommage à chacune de mes visites à Paris. Comment est-il possible que vous possédiez une chevelure semblable à la sienne ?

Il leva la main pour lui caresser les cheveux. Puis, comme s'il craignait de s'apercevoir qu'après tout, elle n'était pas humaine, il l'embrassa de nouveau.

Il l'embrassa violemment, passionnément, et elle sentit bientôt le feu qui était en lui l'envahir peu à peu, et de petites flammes monter de sa poitrine à ses lèvres...

Un long moment après, le duc l'entraîna vers un canapé où il s'assit à ses côtés.

– Il m'est difficile de penser à autre chose qu'à vous, ma chérie, dit-il, mais nous avons un problème à résoudre, et je crois préférable de vous ramener à Londres dès demain.

Elle ne comprit pas immédiatement ce qu'il disait. Puis, quand elle saisit le sens de ses paroles, elle poussa un petit cri.

– Vous savez qu'il faut que je rentre à Londres le... plus vite... possible !

– Je vous y conduirai, dit-il, et là-bas, nous trouverons un endroit où nous pourrons être ensemble. (Il lut l'interrogation dans ses yeux et ajouta avec un sourire :) Vous avez dit que vous m'aimiez, et je vous aime ! Rien d'autre n'a d'importance pour le moment, mais je ne vous permettrai pas de remonter sur scène et... (Il s'arrêta brusquement puis, presque comme s'il l'avait oublié jusqu'à cet instant, il demanda :) Maintenant, voulez-vous me dire la vérité ? Etiez-vous vraiment mariée avec mon oncle ? Je ne peux le croire, pour la simple raison que je jurerais – sur l'épée Excalibur si je le pouvais – que vous n'avez jamais embrassé personne avant moi.

Larentia reprit son souffle.

Elle faisait un effort pour quitter les nuages de gloire sur lesquels le duc l'avait entraînée et revenir sur terre.

Brusquement effrayée, elle se persuada qu'elle n'était pas elle-même, pas Larentia, et qu'elle ne se trouvait pas avec un homme envoyé par Dieu.

Elle était Katie King, la girl de music-hall qui avait épousé secrètement un duc qui était mort.

– Dites-le-moi, insista le duc.

Elle n'ignorait pas qu'il la poussait à être infidèle à la parole donnée à Harry Carrington, et surtout à ne pas remplir la tâche qu'elle s'était assignée : obtenir l'argent nécessaire pour sauver la vie de deux personnes.

Au prix d'un effort surhumain et d'une vive souffrance, elle se libéra de l'étreinte du duc.

– Vous avez proposé de me ramener à Londres, dit-elle. Je vous en prie... je ne peux répondre à vos questions... jusque-là.

Elle se leva et se dirigea vers le feu, tandis que le duc restait assis à la regarder.

– Vous admettez que vous avez un secret, Larentia. Voulez-vous que je conclue un marché avec vous ? Je vous donnerai l'argent que vous voulez si vous me permettez de vous emmener à Londres et si vous me dites alors tout ce que je veux savoir.

– Je ne suis pas certaine que... ce soit ce que vous... voulez... savoir, répondit évasivement Larentia, mais je promets de... répondre à vos questions quand je serai à Londres et que j'aurai... les huit cents livres qui me libéreront de ma... dette.

En parlant, elle pensait qu'elle salissait l'amour même qu'elle éprouvait et qui lui avait permis d'effleurer, un instant, les ailes de l'extase.

Elle n'aurait jamais cru possible d'éprouver de telles sensations, de sentir son âme s'élever au-dessus de son corps.

Mais, tandis que son cœur lui tenait ce langage, son esprit lui disait qu'elle devait accomplir la tâche pour laquelle elle était venue, et qu'elle ne pouvait tromper ni son père ni Katie King, dont la vie avait été sauvée grâce à l'argent d'Isaac Levy.

Quels que fussent ses propres rêves, quel que fût son amour pour le duc – et même si son univers semblait se concentrer en lui – elle devait se comporter honorablement sans trahir, en révélant la vérité, ceux qui lui avaient fait confiance.

Et, pourtant, parce qu'elle l'aimait et parce qu'il la regardait, elle pensa qu'elle l'avait peut-être perdu. Elle se tourna brusquement vers lui.

– Je vous en prie, comprenez, supplia-t-elle. Je vous aime... je vous aime... plus que je ne saurais... l'exprimer... mais je ne peux vous dire ce que vous voulez savoir... maintenant.

– C'est sans importance. La seule chose qui compte, c'est que vous m'aimiez et, à moins que vous ne soyez la meilleure actrice que le monde ait jamais connue, je vous crois.

– C'est... vrai, dit Larentia.

Il s'approcha d'elle et la serra contre lui.

– Je vous en prie, faites que j'y croie. Dites-le de façon que je le comprenne!

– Je vous aime... je vous aime! Je ne savais pas que... l'amour... c'était cela.

– Et qu'est-ce donc?

– C'est... quelque chose de... sacré, un don de... Dieu !

Le duc plongea son regard dans celui de la jeune fille puis ses lèvres prirent les siennes et, l'espace d'un instant, Larentia craignit que l'enchantement ne fût brisé.

Mais il était encore là, vibrant en elle, vibrant dans l'espace qui les entourait, les unissant étroitement, au point qu'ils ne faisaient plus qu'un et que rien ne pouvait les séparer.

Le duc l'embrassa jusqu'à ce qu'elle fût soumise dans ses bras, puis il baisa ses yeux clos, ses joues veloutées, puis revint à ses lèvres.

– Je ne peux vous attendre, dit-il d'une voix que le désir rendait rauque. Dès notre arrivée à Londres, j'achèterai une maison où nous pourrons être ensemble, et vous aurez tout ce que vous désirez, ma chérie. Tout le bien-être qu'il me sera possible de vous donner.

Larentia comprenait mal ce qu'il disait.

Elle l'entendait parler d'une maison; il faudrait lui dire qu'elle aurait à s'occuper de son père quand il sortirait de la clinique et n'aurait guère de temps à lui consacrer, même si elle le désirait ardemment.

Elle voulait lui fournir des explications, mais c'était impossible pour le moment.

Comment pouvait-elle lui avouer qu'elle n'était pas Katie King, mais Larentia Braintree, et que le problème n'était pas d'abandonner un théâtre où elle ne s'était jamais produite ?

Il y avait là trop de sujets de réflexion, trop de questions à considérer, alors que la voix du duc lui donnait de petits frissons dans tout le corps, tandis qu'il la tenait étroitement enlacée et que ses lèvres brûlaient de désir.

Elle voulait, avec une ardeur qui lui était inconnue jusque-là, qu'il prît sa bouche mais le duc, lentement, à contrecœur, desserra son étreinte.

– Il faut que vous alliez vous coucher maintenant, ma chérie. Si nous voulons attraper le premier train pour Londres, nous devrons partir de bonne heure, à 8 heures, et je dois prendre certaines dispositions.

– Oui... bien sûr.

– Comme je ne veux pas que vous vous inquiétiez, poursuivit-il, je vous promets que dès le début du voyage, je vous donnerai le chèque que vous avez demandé et que, plus tard, à notre arrivée à Londres, nous discuterons des autres problèmes.

Larentia craignit que sa voix ne la trahît si elle répondait.

Le duc la força à se lever.

– Allez vous coucher et rêvez à moi, dit-il. N'ayez aucune inquiétude. Laissez-moi m'occuper de tout. Je vous promets que je veillerai sur vous et je jure que, quelles que soient les difficultés, je ne vous abandonnerai pas.

– Vous... me voulez... vraiment?

– J'aurai le temps de répondre mille fois à cette question dans l'avenir. (D'une voix empreinte d'une soudaine gravité, il ajouta :) Ce ne sera pas facile, ma chérie, mais tout comme vous avez gardé longtemps le secret sur votre mariage, je pense que nous pourrons nous arranger pour cacher notre amour à ceux qui seraient horrifiés et scandalisés s'ils savaient que nous sommes ensemble. (Comme s'il voulait se convaincre lui-même, sa voix se fit plus grave encore et plus assurée.) Personne ne sera au courant, et bien qu'il soit possible que le théâtre vous manque un peu au début, je vous jure que notre bonheur compensera tout le reste.

Larentia n'avait pas encore une idée très nette de ce qu'il proposait.

Elle avait du mal à penser à autre chose qu'à la beauté du duc. Elle avait encore l'impression de voler et de n'être pas avec le duc de Tregaron, mais avec un des chevaliers du roi Arthur, sinon avec le roi Arthur lui-même.

Rien n'était réel que son amour pour lui. Elle ne comprenait rien, sauf qu'elle avait trouvé ce qu'elle avait toujours cherché, qu'elle n'était plus seule, qu'elle n'avait plus peur.

Elle ne faisait qu'un avec lui, et son pouvoir l'attirait et la retenait.

Le duc la prit par les épaules et ils traversèrent lentement le salon. Arrivés à la porte, il la baisa au front, puis aux cheveux.

– Ne vous inquiétez de rien, dit-il. Laissez-moi me charger de tout. Vous m'appartenez! Vous êtes à moi, et je trouverai une solution à tout. (Il la regarda dans les yeux et ajouta :) Souvenez-vous que je vous aime et que vous m'aimez!

Elle pensait qu'il l'embrasserait encore mais, au prix d'un effort considérable, qu'elle perçut parce qu'elle était en parfaite harmonie avec lui, il ouvrit la porte.

Elle la franchit docilement, et ce ne fut que dans la grande salle qu'elle se rendit compte qu'au lieu de la suivre, il était resté dans le salon.

6

Assise dans le train en face du duc, Larentia voyageait dans des conditions bien différentes de celles de l'avant-veille.

Ils avaient quitté le château à 8 heures dans une voiture confortable tirée par quatre chevaux et, lorsqu'ils arrivèrent à destination, le chef de gare les attendait, resplendissant avec ses galons et son haut-de-forme, pour les escorter jusqu'à un compartiment réservé.

Il y en avait un aussi pour les domestiques qui les accompagnaient afin de veiller sur leurs bagages et de porter un grand panier de pique-nique qu'ils posèrent sur un siège de leur compartiment, ainsi qu'un certain nombre de journaux et de magazines.

Larentia avait les jambes enveloppées dans une couverture; un domestique resta sur le quai, face au compartiment, jusqu'à la dernière minute, au cas où le duc aurait eu un ordre à lui donner.

Lorsqu'ils furent en route, il sourit enfin à Larentia d'une façon qui lui brisa le cœur et dit :

– J'ai l'impression que nous nous lançons tous les

deux dans une aventure en plein inconnu, et cette idée me surexcite.

Larentia avait envie de répondre : « moi aussi », mais elle ne pouvait ajouter qu'elle était restée éveillée presque toute la nuit, d'abord transportée d'amour et de bonheur, puis assaillie par l'inquiétude et la certitude qu'en arrivant à Londres, elle devrait renoncer à jamais à voir le duc.

Une fois seule, dans l'obscurité, elle se souvint de ses paroles et comprit, après mûre réflexion, ce qu'il entendait exactement par :

« J'achèterai une maison où nous pourrons être seuls ».

Bien qu'elle eût beaucoup lu, Larentia était très ignorante des choses de l'amour, mais elle savait que les femmes avaient des amants. Et, comme elle avait surpris parfois les conversations des hommes de l'âge de son père, elle avait compris pourquoi les actrices étaient taxées de mœurs légères et avaient mauvaise réputation.

Des hommes, qu'on ne leur avait pas présentés dans les règles, les emmenaient souper, leur offraient des bijoux et très certainement faisaient l'amour avec elles.

Ce que cela sous-entendait exactement, Larentia l'ignorait, mais elle savait que c'était mal, que c'était un péché si elles n'étaient pas mariées à l'homme en question, et qu'elles devenaient alors des « filles perdues », celles-là mêmes que le Premier ministre essayait de ramener dans le droit chemin.

Tout cela était assez embrouillé dans sa tête. Mais, en y réfléchissant, elle comprit que, si elle acceptait la proposition du duc, elle deviendrait elle aussi une « fille perdue ».

De prime abord, elle eut du mal à croire que c'était ce qu'il avait voulu dire. Puis elle se souvint très précisément qu'il avait dit :

« Je pense que nous pourrons nous arranger pour cacher notre amour à ceux qui seraient horrifiés et scandalisés s'ils savaient que nous sommes ensemble. »

Horrifiés, parce qu'ils croiraient qu'elle était la veuve de son oncle, et scandalisés, parce que leur amour était inacceptable, unique, puisqu'ils ne pouvaient pas se marier.

Il fut d'abord impossible à Larentia d'admettre que l'amour qu'elle éprouvait pour le duc, cet amour qui l'avait transportée dans un ciel miraculeux, pût être autrement que pur et beau.

Puis elle se rappela l'amour du chevalier Lancelot pour la reine Guenièvre, la femme du roi Arthur. C'était un amour coupable et elle n'avait vécu que pour expier sa perversité et vaincre le péché qui était dans son cœur.

« Comment le sentiment que j'éprouve pour le duc pourrait-il être condamnable ? », se demandait-elle.

Puis, comme si Dieu lui-même lui avait fourni la réponse, elle sut que l'amour qui venait des profondeurs de son cœur et de son âme ne pouvait rien receler de mauvais.

Ce qui serait mal, ce serait d'accepter la proposition du duc, d'accepter d'être à lui comme il le souhaitait, d'accepter que leurs corps ne fissent plus qu'un, comme leurs esprits, maintenant, ne faisaient qu'un.

« Il faudra que je disparaisse », avait finalement décidé Larentia.

Puis elle s'était rebellée contre l'horrible pensée d'avoir à s'arracher à l'homme auquel elle appartenait, dont le cœur battait au rythme du sien, qui avait cueilli son âme sur ses lèvres et l'avait faite sienne.

« Je l'aime! Je l'aime! », avait-elle crié désespérément, la tête enfouie dans son oreiller.

Mais elle ne pouvait l'entraîner dans le péché. Ce serait souiller l'armure étincelante dans laquelle il lui était d'abord apparu et qui était le vibrant symbole de sa noblesse d'esprit.

On ne doit pas souiller la pureté de l'amour. Elle ne savait plus où elle avait lu ces mots, mais ils résonnaient maintenant comme s'ils avaient été prononcés à voix haute.

A la pensée de perdre le duc, elle avait pleuré jusqu'à ce qu'elle s'endormît.

Dans ses rêves, elle vit son beau visage qui la regardait avec une expression qu'elle n'avait jamais surprise dans les yeux d'un homme, et elle se dit qu'elle ne pourrait jamais le quitter.

Si, plus tard, elle avait la possibilité de lui expliquer qu'elle n'était ni Katie King, ni mariée, ni actrice, tout serait peut-être différent.

Pourtant les choses ne feraient que se compliquer, elle ne l'ignorait pas.

Comment pouvait-elle s'attendre à ce que le duc lui pardonnât? En lui annonçant que son oncle le duc était marié, elle l'avait épouvanté, lui et sa famille. De plus, elle lui avait menti pour lui extorquer les huit cents livres dont elle avait tant besoin.

Ils avaient pris leur petit déjeuner chacun dans leur chambre et, quand elle était descendue, vêtue de son manteau sombre de voyage, avec un petit chapeau à brides couvrant ses beaux cheveux, le duc lui avait pris son sac et y avait déposé une enveloppe qu'il tenait à la main.

Elle devinait son contenu mais, quand elle avait voulu le remercier, il lui avait fait traverser la grande salle et l'avait aidée à descendre l'escalier puis à monter dans la voiture.

Elle tenta encore d'exprimer sa gratitude mais il posa sa main sur les siennes et dit :

– Aujourd'hui, je veux que vous oubliiez tout, si ce n'est que nous sommes ensemble.

Son contact la fit frissonner, et elle se contenta de le regarder, sachant qu'il était inutile d'exprimer son amour par des mots. Il savait ce qu'elle éprouvait, comme elle savait qu'il éprouvait les mêmes sentiments.

Maintenant, en la regardant, assise en face de lui dans le train, le duc trouvait incroyable qu'une femme ressortît avec tant d'éclat dans un cadre si quotidien, et pût ressembler à ce point à la Diane du tableau.

Il adorait son petit nez droit, ses sourcils ailés, le doux ovale de son visage et, naturellement, sa chevelure d'or roux.

Il avait terriblement envie de voir ses cheveux déployés sur ses épaules, la nimbant de gloire.

Il faudrait du temps pour défaire les grosses nattes que Larentia avait relevées sur sa nuque et fixées par de grandes épingles.

Bientôt, il déroulerait ces tresses et enfouirait son visage dans la douceur soyeuse de ses cheveux d'or, puis il les répandrait sur son visage comme un voile qu'il écarterait pour baiser ses lèvres.

Comme si elle lisait dans ses pensées, il vit ses joues s'empourprer.

Comment se pouvait-il qu'elle eût l'air si timide et si virginale en ayant été mariée à un homme aussi débauché et vicieux que son oncle?

Il essaya de chasser cette pensée car la seule idée que Larentia pût donner simplement sa main à un autre homme que lui le mettait à la torture.

Cependant, il lui avait dit qu'il fallait oublier son passé, parce que le présent et l'avenir lui appartenaient, il oublierait donc – oui, bien entendu, il oublierait – qu'il n'était pas, comme il l'aurait souhaité, le premier homme de sa vie.

Son amour, il se le jura, serait assez fort pour empêcher la vérité de gâcher leur bonheur.

Parce qu'il estimait qu'il serait difficile d'expliquer à sa tante les raisons d'un départ aussi précipité, le duc lui avait écrit une lettre.

Dans cette lettre, il lui disait qu'il avait trouvé plus commode de se rendre à Londres pour se renseigner sur les prétentions de Mlle King, et qu'il la priait de ne parler à personne de ce qui s'était passé lors de son séjour au château.

Il ajoutait :

Dès que j'en saurai davantage, je prendrai contact avec vous à votre domicile. Jusque-là, tante Muriel, je me fie à vous, comme je sais que vous vous fiez à moi.

Il demanda qu'on montât la lettre à la marquise avec son petit déjeuner, sachant que, même si son départ la surprenait, elle ne s'attendrait pas à le voir à une heure aussi matinale.

Il éprouva en vérité un sentiment de liberté quand ils se mirent en route, et maintenant que le train avait pris de la vitesse, il se sentait heureux comme il ne l'avait jamais été.

Il ne savait pourquoi, mais toutes les femmes qu'il avait connues – et elles étaient nombreuses – l'avaient toujours, en fin de compte, déçu.

Chaque fois qu'il en embrassait une pour la première fois, il espérait qu'elle ferait naître en lui un sentiment nouveau mais, même si elle éveillait en lui un désir très normal, il savait qu'il manquait quelque chose.

Mais le baiser donné à Larentia la veille au soir avait été très différent de ceux donnés ou reçus jusque-là. L'ivresse et l'extase divine qu'elle avait éprouvées s'étaient communiquées à lui.

Jamais, avec une autre femme, il n'avait éprouvé cette sensation d'effleurer les ailes de l'extase, de se fondre au divin. C'était pourtant l'impression que Larentia lui avait donnée. Lorsqu'il la regardait maintenant, il avait envie de se jeter à ses pieds.

Il y avait tant de bruit dans le train qu'il était difficile de parler, mais comme ils étaient ensemble, pensaient-ils tous deux, il n'était nul besoin de mots.

Le duc ne quittait pas Larentia du regard. Et, quand elle levait les yeux vers lui, il la sentait aussi proche que si elle avait été dans ses bras.

Ils avaient pris leur petit déjeuner de bonne heure et n'ouvrirent le panier du pique-nique qu'à midi.

Il contenait tant de choses délicieuses que Larentia éprouva du mal à choisir. Elle savait qu'avec le duc, tout ce qu'elle mangerait aurait un goût d'ambroisie, et, lorsqu'il lui fit boire un peu de vin, ce fut pour elle du nectar.

S'il imaginait, pensa-t-elle, qu'elle était la déesse Diane, il était à ses yeux un dieu aussi, par son apparence et par sa noblesse d'esprit.

A la première gare, un domestique vint enlever le panier et leur servit du café qu'on avait tenu au chaud.

– Quel somptueux pique-nique! dit Larentia d'un air taquin, se souvenant de la timidité qui l'avait empêchée d'entrer dans un buffet de gare, lors de son voyage aller.

– Ce n'est que le second des nombreux repas que nous prendrons ensemble et, ma chérie, si je ne peux dénicher tout de suite un cadre qui vous convienne, il faudra me pardonner. Dès mon arrivée à l'hôtel des Garon, je prendrai des dispositions pour trouver quelque chose de convenable afin que nous n'ayons pas à attendre.

Il fut surpris de voir les joues de Larentia s'empourprer; elle détourna la tête pour regarder par la fenêtre.

– Qu'est-ce qui ne va pas? demanda-t-il.

– Rien.

Il se dit qu'elle était intimidée à la pensée de se trouver seule avec lui et, tout en pensant que sa confusion la rendait encore plus adorable et attirante, il se demanda avec perplexité pourquoi ses paroles l'avaient si profondément affectée.

– J'ai tant de choses à découvrir sur vous, dit-il de sa voix grave, et tant à vous apprendre, ma chérie, sur l'amour.

Insidieusement, et sans qu'il pût s'en défendre, il eut la vision du visage de débauché de son oncle et se souvint de ce qu'on lui avait dit de ses vices révoltants.

Sur le moment, il se demanda s'il était fou ou s'il se laissait abuser par une actrice au talent exceptionnel.

– Regardez-moi, Larentia, ordonna-t-il sèchement.

Elle tourna la tête et, quand leurs yeux se rencontrèrent, il y lut une expression qui frisait l'adoration.

Puis, comme il était rigoureux sur les principes et estimait que l'embrasser dans le train rabaisserait en quelque sorte leur amour, il lui baisa les mains.

Il retourna s'asseoir en face d'elle, heureux de constater que, chaque fois qu'elle le regardait, ses yeux s'adoucissaient et qu'elle entrouvrait la bouche comme si elle avait du mal à respirer.

Le train était un express qui ne s'arrêtait que deux fois et, pourtant, en arrivant à St-Pancras, Larentia était épuisée, non par le voyage, mais par la certitude qu'elle ne reverrait plus jamais le duc.

Elle avait pris une décision et élaboré très soigneusement un plan, non seulement au cours de la nuit précédente, mais durant le voyage et, maintenant, elle avait envie de se jeter dans les bras du duc et de lui demander de l'embrasser une dernière fois !

« Comment pourrai-je vivre sans lui ? Comment puis-je me séparer de lui en sachant qu'il vit quelque part dans le monde et que je ne pourrai le voir ? »

Et pourtant, elle était sûre d'avoir raison d'agir

ainsi, d'abord parce que ce qu'il lui avait proposé était indigne d'elle et ensuite, parce que lui avouer qu'elle avait menti et qu'elle s'était introduite chez lui en trichant provoquerait son mépris.

Elle avait la certitude qu'il était bien trop intègre et noble pour ne pas mépriser les menteurs, particulièrement une femme qui s'était parjurée pour lui extorquer de l'argent.

Elle n'oubliait pas l'enveloppe qu'il avait glissée dans son sac et, lorsqu'elle l'aperçut en y cherchant un mouchoir, elle eut envie de la déchirer et de dire au duc qu'elle n'y avait pas droit.

Puis elle se souvint que cet argent ne lui appartenait pas à elle mais à Isaac Levy qui attendait avec une lueur de cupidité dans le regard la rentrée de son capital et ses cent pour cent d'intérêts.

« Au revoir, mon amour, au revoir! » scandait le cœur de Larentia au rythme lancinant des roues.

Son amour pour le duc était pourtant si fort qu'elle ouvrit la bouche pour lui dire la vérité : elle n'était pas Katie et, après avoir payé ses dettes, elle ferait ce qu'il voulait.

Si elle devenait sa maîtresse, peut-être serait-ce plus merveilleux encore que ses baisers?

Puis elle fut épouvantée que de telles pensées pussent simplement lui venir à l'esprit! Que penserait d'elle son père aux idéaux si élevés?

Il avait veillé sur elle et l'avait protégée et s'il apprenait qu'elle appartenait à un homme sans être mariée, il éprouverait une douleur plus grande encore que celle imposée à son corps par la tumeur cancéreuse.

« Je n'ai d'autre solution que disparaître », se dit Larentia, revenue à son point de départ.

– Une voiture nous attendra à la gare, disait le duc. J'ai envoyé un domestique à Londres par le train de nuit prévenir mon secrétaire que nous arrivions et qu'il fallait que tout soit prêt. (Larentia eut un vague murmure et il poursuivit :) Je vous déposerai d'abord. Je veux voir où vous habitez.

Larentia avait prévu cette éventualité et savait qu'elle devrait y parer.

– J'irai chez des amis qui ont pris soin de mon oncle pendant mon absence.

– Oui, naturellement, assura le duc, et où est-ce?

– Harley Street.

– Ce sera facile, dit-il en souriant. C'est sur le chemin de St-Pancras à Berkeley Square.

Comme Justin l'avait prévu, un de ses vieux domestiques attendait sur le quai pour les escorter jusqu'à la voiture, et ils n'eurent qu'à attendre la petite malle de Larentia.

Les domestiques qui avaient voyagé dans l'autre wagon s'occupèrent du reste des bagages.

– Quel numéro à Harley Street? demanda le duc tandis qu'un laquais déposait une couverture bordée de fourrure sur les genoux de Larentia.

– 29.

La portière claqua, la voiture démarra. Le duc prit la main de Larentia et la serra.

– Puis-je passer vous prendre dans la soirée et vous emmener dîner?

– Je crains que... ça ne soit... difficile.

– Alors pour déjeuner demain?

– Ce serait merveilleux.

– Je passerai à 1 heure moins le quart. (Il poussa un léger soupir.) Comme l'attente va me paraître longue! Mais je comprends très bien que vous devez voir votre oncle et qu'il vous est difficile d'expliquer à vos amis qui je suis. Peut-être serait-il préférable de ne pas leur dire la vérité.

– Oui... très certainement, dit Larentia d'une toute petite voix.

– Oh, ma chérie, comme je hais ces mensonges! s'exclama le duc. Mais vous comprenez, j'en suis sûr, que ce serait une erreur que de susciter des commérages, et je crains qu'un duc ne soit toujours exposé non seulement aux bavardages des gens mais aussi aux attaques des journaux.

– Je ne voudrais en aucun cas vous exposer à de tels inconvénients, dit vivement Larentia.

– Demain, nous verrons comment nous organiser pour être ensemble le plus souvent possible. (Il rit avant de poursuivre :) Il me paraît invraisemblable d'être tombé si follement amoureux alors que je vous connais depuis si peu de temps mais, en vérité, je vous aime depuis des années. Vous avez toujours été dans mon cœur.

– J'ai l'impression de... vous aimer... depuis le... début... des temps.

– C'est la pure vérité. Nous avons vécu ensemble d'autres vies, peut-être dans d'autres mondes et nous ne faisons que reprendre les fils là où nous les avons laissés quand nous avons été séparés.

– Et cela se... reproduira?

– Ne parlons pas de séparation dans cette vie, dit le duc. Nous passerons beaucoup, beaucoup d'années ensemble. Oh, ma chérie, qu'y a-t-il en vous qui me fait croire que vous m'appartenez, que je vous appartiens, et que rien ne peut nous séparer?

Machinalement les doigts de Larentia se raidirent, parce qu'elle savait qu'il ne leur restait que quelques minutes avant d'être séparés à jamais.

Il n'attribua pas sa réticence à la douleur mais au plaisir et lui baisa la main, embrassant d'abord son gant, puis l'écartant pour effleurer les veines de son poignet.

En sentant les lèvres du duc sur sa peau et son corps si proche d'elle, elle eut l'impression que son cœur bondissait et que son amour l'enveloppait, annihilant toute pensée pour ne laisser subsister que la glorieuse évidence de cet instant divin.

Puis la voiture s'arrêta, et ils sursautèrent tous deux en s'apercevant qu'ils étaient arrivés à Harley Street.

– Il est... préférable qu'on... ne vous voie pas, se hâta de dire Larentia qui avait du mal à trouver ses mots.

– Je comprends. Au revoir, ma chérie! Prenez bien soin de vous jusqu'à demain.

Elle essaya de lui sourire, et il vit que ses yeux semblaient lui manger le visage, empreints à cet instant d'une expression tragique.

Il trouva merveilleux qu'elle fût à ce point bouleversée par la perspective d'une si brève séparation.

– Au... revoir...

Ce n'était qu'un murmure presque inaudible. Puis Larentia descendit de voiture, et un laquais monta sa malle et la déposa dans l'entrée de la maison.

Un domestique regarda Larentia et la malle avec étonnement. Puis le laquais dévala l'escalier et remonta en voiture.

Lorsqu'il fut hors de portée de voix, Larentia demanda :

– C'est bien le 39, Harley Street?

– Non, madame, c'est le 29, la maison de M. Frederick Baldwin.

– Oh, comme je suis stupide! s'exclama Larentia. Je me suis trompée d'adresse.

Le domestique ayant laissé la porte entrebâillée, elle vit que la voiture était repartie. Elle dit alors :

– Le 39 ne doit pas être loin. Comme ma voiture est partie, je vais y aller à pied et peut-être aurez-vous l'amabilité de garder ma malle jusqu'à ce que j'envoie quelqu'un la prendre?

– Mais certainement, madame; le 39 n'est qu'à cinq maisons d'ici, car, dans cette rue, tous les numéros impairs sont de ce côté.

– Merci. C'est stupide de ma part d'avoir commis une telle erreur.

– Les gens s'embrouillent souvent dans cette rue, murmura le domestique d'un air confidentiel. Avec tant de médecins qui y sont installés, il y a des visiteurs à toute heure du jour et de la nuit!

– J'imagine le remue-ménage que cela doit créer, dit Larentia avec sympathie.

Le domestique lui ouvrit la porte et elle constata que la voiture du duc avait disparu.

Elle passa devant le 39 et continua jusqu'au 49 où elle s'était déjà rendue. Elle demanda le Dr Sheldon Curtis.

L'angoisse et l'inquiétude qu'elle éprouvait au sujet de son père semblèrent s'abattre de nouveau sur elle. Elle appréhenda soudain d'apprendre que l'opération avait échoué ou peut-être que la tumeur était trop avancée pour qu'on tentât même de le sauver.

On l'introduisit dans une salle d'attente sombre et impersonnelle et, restée seule, elle se mit à prier : « Mon Dieu, ne me punissez pas d'avoir été heureuse avec le duc en m'apprenant maintenant que j'ai perdu mon père. »

Elle savait qu'il était puéril de croire que la vie pouvait être ainsi mise en balance, mais elle ne parvenait pas à chasser cette pensée, consciente d'avoir commis un acte foncièrement répréhensible.

Son amour pour le duc l'avait à un tel point submergée que, par moments du moins, en sa présence, elle en était arrivée à oublier combien son père comptait pour elle.

– Oh, je vous en prie, mon Dieu... je vous en prie, faites qu'il vive!

Quand la porte s'ouvrit et que le Dr Curtis entra, elle le regarda avec terreur, craignant que toutes ses appréhensions ne fussent confirmées.

– Oh, je suis heureux de vous voir, mademoiselle Braintree, dit le chirurgien en lui tendant la main. Je suis certain que vous avez dû vous inquiéter beaucoup pour votre père. Je vais donc vous autoriser à le voir deux ou trois minutes, mais pas plus.

– A... le voir?

– Il vous a demandée dès qu'il a repris conscience. Il est encore très somnolent, et je ne peux donc vous permettre de rester longtemps auprès de lui.

– Il va... bien? L'opération... a réussi?

– J'espérais que vous me feriez confiance, dit le Dr Curtis en souriant. Parfaitement réussi, mademoiselle Braintree! En fait, tout s'est passé exactement comme je l'espérais. Votre père se remettra bientôt au travail et je me réjouis d'avance de lire son prochain livre!

Larentia était incapable de prononcer un mot.

Puis le soulagement se peignit sur son visage et, alors qu'ils montaient l'escalier, le Dr Curtis pensa qu'il n'avait jamais, au grand jamais, vu de jeune femme plus belle.

Les stores étaient baissés pour empêcher le soleil d'entrer, mais Larentia distingua quand même la pâleur de son père, qui n'altérait en rien son extrême beauté.

Elle alla à son chevet et lui prit la main.

– Papa! dit-elle doucement.

Il ne bougea pas et, au bout d'un moment, le Dr Curtis intervint :

– Parlez-lui encore.

– Papa! C'est moi! dit-elle en haussant la voix.

Un sourire apparut alors sur les lèvres du professeur, et il ouvrit lentement les yeux.

– Larentia! Tu vas... bien?

– Très bien, papa, et je suis heureuse, tellement heureuse que tu ailles bien, toi!

– Je rentrerai... bientôt... il faut... que je finisse... ce livre.

– Oui, papa, nous le finirons ensemble.

Le professeur ferma les yeux et Larentia se pencha pour l'embrasser sur la joue.

Mais le Dr Curtis ne voulait pas qu'elle s'attardât et elle le suivit en silence jusqu'à la porte.

Dans le couloir, il précisa :

– Je veux que votre père soit aussi tranquille que possible dans les jours à venir. Puis nous discuterons de la date à laquelle il pourra rentrer chez vous.

– Merci... je ne peux trouver de mots pour vous remercier. Sans vous... il serait... mort.

– Je le crains, reconnut le Dr Curtis, et j'ai l'intention d'envoyer un rapport sur son opération à Joseph Lister à Edimbourg. Je sais que cela l'intéressera. (Il sourit avant d'ajouter :) Somme toute, votre père est un homme très célèbre, mademoiselle, et j'espère que de plus en plus de gens vont commencer à comprendre qu'avec les méthodes de Lister, on peut sauver des vies. Et nous avons besoin d'hommes comme votre père.

– Merci, dit encore Larentia.

– Maintenant, ne vous inquiétez pas pour lui, poursuivit le Dr Curtis tandis qu'ils descendaient l'escalier. Vous pouvez revenir demain matin, si vous voulez, et rester cinq minutes avec lui.

– Je viendrai. Mais puis-je passer tôt?

– Aussi tôt que vous voulez.

– Alors je viendrai vers 10 heures, si possible.

– Cela me convient très bien. Au revoir, mademoiselle. Pensez à vous maintenant.

Larentia lui sourit. Un domestique lui ouvrit la porte et elle ajouta :

– J'ai oublié de vous poser une question. Un autre patient du Dr Medwin a été hospitalisé en même temps que mon père, une certaine Mlle Katie King. Comment va-t-elle?

Il y eut un silence. Puis le Dr Curtis répondit :

– Je suis désolé de vous dire que, malgré tous mes efforts, elle est morte ce matin. (Il vit l'air bouleversé de Larentia et il précisa :) La tumeur était trop développée et différente de celle de votre père. Je crois que Lister lui-même n'aurait pu la sauver.

– Je suis sûre que personne n'aurait fait mieux que vous, docteur, dit Larentia, (puis elle ajouta :) Auriez-vous l'amabilité de dire à M. Carrington que je suis chez moi ?

Le Dr Curtis parut surpris qu'elle connût Harry Carrington, mais il se contenta de répondre :

– Je l'attends ce soir, et je lui transmettrai votre message, mademoiselle.

Larentia trouva une voiture de louage, passa prendre sa malle au 29 et ordonna au cocher de la déposer chez elle, à Lambeth.

Alors que la voiture s'éloignait, elle pensa à l'ironie du sort. Après toute la peine que s'était donnée Harry Carrington pour trouver un moyen d'obtenir l'argent nécessaire à l'opération de Katie King, c'était le professeur qui avait survécu et l'actrice qui était morte.

L'horreur et le dégoût que la marquise avait manifestés en apprenant le mariage de son frère avec une girl de music-hall étaient maintenant sans objet, et les seuls à bénéficier de cette supercherie étaient son père et elle.

« Mon père a pu être opéré uniquement parce que Katie King et moi avions les cheveux de la même couleur », pensa Larentia.

C'était le destin. Peut-être le Dr Curtis avait-il raison d'affirmer que son père était quelqu'un de trop important pour mourir ?

La voiture arriva à Lambeth, puis s'arrêta devant la grande maison de Wellington Road.

Larentia ouvrit la porte. Le cocher déposa sa malle dans la petite entrée. Elle régla la course qu'elle trouva fort chère.

Le cocher parti et la porte refermée, elle parcourut la maison du regard avec un sentiment de consternation et de solitude.

Tout lui semblait poussiéreux et minuscule, en comparaison du château.

Elle avait maintenant l'impression que tout son voyage avait été un rêve. Elle avait séjourné dans un endroit qui aurait pu être Camelot, rencontré un chevalier qui aurait pu prendre place à la Table Ronde... Elle l'avait trouvé, puis perdu... Elle avait sauvé la vie de son père en se brisant le cœur...

Se rendant compte que tous ses rêves étaient anéantis, elle s'assit et se mit à pleurer...

Harry Carrington arriva à la nuit tombée.

Elle l'attendait; elle avait nettoyé et astiqué l'entrée et le salon, et changé de robe.

Elle n'avait rien mangé car son père n'aimait pas la voir sortir si tard pour faire des courses. Et après le déjeuner pris dans le train, elle n'avait pas grand faim.

En fait, après avoir pleuré, abattue dès qu'elle pensait au duc, son seul désir aurait été d'aller se coucher.

Cependant, elle avait le pressentiment que, dès qu'on transmettrait son message à Harry Carrington, il viendrait chercher l'argent. Et, à 9 heures passées, elle entendit le marteau heurter la porte.

Quand il entra, elle vit à l'expression de son visage que la mort de Katie King l'avait profondément bouleversé.

– Je suis navrée, dit-elle avant qu'il pût parler.

Pendant un moment, il ne répondit pas. Puis il entra dans le salon et lança avec fureur :

– Pourquoi devait-elle mourir? Elle était jeune! Elle avait toute la vie devant elle! Et une vie agréable, si nos espérances n'avaient pas été déçues.

Larentia, qui pensait davantage à lui qu'à elle-même, se sentit mal à l'aise quand elle lui tendit l'enveloppe.

– Je crains qu'il n'y ait que huit cents livres dedans. Le duc voulait se livrer à une enquête avant de compléter la somme.

Harry garda de nouveau le silence. Puis il se décida :

– Ma foi, je crois que nous devrions être reconnaissants des moindres bienfaits. Maintenant, nous ne pouvons affronter aucune enquête et le chapitre est clos.

Il ouvrit l'enveloppe et retira le chèque.

– Combien disiez-vous que le duc vous avait donné?

– Huit cents livres.

– C'est un chèque de mille livres!

Larentia ouvrit de grands yeux.

– Mille?

– Voyez vous-même.

L'écriture du duc était exactement comme elle l'imaginait – ferme, droite et énergique – et elle savait qu'il avait pensé à elle en établissant un chèque supérieur de deux cents livres à la somme réclamée pour acquitter ses dettes.

– Ma foi, deux cents livres, c'est mieux que rien, dit Harry avec une nuance de satisfaction dans la voix.

Il regarda Larentia, puis ajouta :

– Maintenant que Katie est morte, je suppose que vous en voudrez la moitié?

– Non... non! s'écria Larentia. Je ne veux rien. Vous pouvez tout garder.

Alors même qu'elle parlait, elle se rendit compte qu'elle était stupide. Son père aurait besoin d'être bien nourri en rentrant à la maison, et elle n'avait aucune chance de lui préparer de copieux repas si elle n'acceptait pas l'offre de Harry.

Celui-ci regarda le chèque et dit :

– Il y a deux cents livres en plus et, d'après tout ce que m'a dit le Dr Curtis, vous êtes aussi démunie que moi, alors je vais vous expliquer ce que nous allons faire.

Larentia le regarda sans mot dire.

– Je vais en prendre cent, poursuivit-il. Nous allons offrir à Katie des funérailles décentes et vous garderez le reste pour votre père. (Larentia continuait à se taire.) Allons, allons! Etre fier, c'est très beau quand on peut se le permettre. J'ai jeté un coup d'œil dans la chambre après que votre père a été opéré, et il lui faudra pas mal de temps avant de pouvoir gagner le moindre argent.

– Vous avez... raison, dit Larentia d'une petite voix. C'est seulement que...

Harry lui coupa la parole.

– L'ennui, avec vous et moi, c'est que nous sommes trop bien élevés. Alors nous trichons et nous faisons semblant, alors que nous ferions mieux de jouer franc jeu. Mais quand on a atteint le fond, la seule solution, c'est de donner un coup de pied pour essayer de remonter à la surface.

– J'ai honte... de prendre cet argent.

– Mais oui, bien sûr, acquiesça Harry. Vous êtes

bien trop comme il faut pour ce genre de choses. Mais vous êtes-vous demandé ce que vous auriez fait si votre père était mort? Il est possible que vous ayez des tas de parents riches sous la main, mais il ne semble pas qu'ils tiennent tellement à vous aider.

En parlant, il parcourait le petit salon du regard et, comme si elle voyait cette pièce pour la première fois, en contraste avec le château, elle se rendit compte à quel point il avait l'air pauvre.

– Les choses s'arrangeront quand papa se remettra à écrire, dit-elle sur la défensive.

– Je l'espère, mais bien qu'ils soient brillants, ses livres ne se vendent pas. Medwin m'en a longuement parlé.

– Alors je vais accepter votre... offre, et j'en dépenserai chaque sou pour papa.

Elle s'exprimait avec une telle passion que Harry la regarda avec surprise. Puis ses yeux se rétrécirent.

– Que s'est-il passé quand vous étiez au château?

– Passé?

– Qu'est-ce qui vous a mise dans cet état? Ce n'est pas seulement le fait de mentir en vous faisant passer pour Katie?

– R-rien.

– Là, vous mentez, dit-il, puis il s'exclama: Je sais ce qui s'est passé. Vous êtes tombée amoureuse du duc! J'imagine qu'il était là. Quand j'ai consulté les coupures de presse sur la marquise, j'ai vu des photographies de lui.

Larentia n'avait pas besoin de répondre.

Le rouge qui envahit son visage et sa façon de se détourner révélaient la vérité à Harry.

Au bout d'un moment, il demanda :

– Qu'allez-vous faire?

– Rien... et je ne peux pas obtenir pour vous... plus d'argent.

– Vous n'avez pas l'intention de le revoir?

– Non, non! Jamais!

Les mots jaillirent de ses lèvres malgré elle.

Harry empocha le chèque.

– Si Katie était vivante, fit-il calmement remarquer, elle dirait que vous avez fait un excellent travail pour elle et que vous avez été une chic fille, ce qui est tout à fait vrai. Je vous en sais gré. Bien que je ne croie pas que vous disiez jamais à votre père ce qui s'est passé, il vous doit la vie.

– C'est... vous qui... l'avez sauvé. (Elle se détourna de nouveau.) Je ne vous en remercierai jamais assez... mais je... me sens... gênée d'avoir obtenu tant... d'argent par des moyens frauduleux, et j'aurais aimé pouvoir proposer de... rendre les deux cents livres.

– Il faut que je vous protège contre ce qu'il y a de meilleur en vous, dit Harry en souriant. Non, Larentia, « il ne faut pas réveiller le chat qui dort », et lorsque le duc apprendra que Katie est morte, ce qui se produira inévitablement, tôt ou tard, s'il tente de vous revoir, alors toute cette histoire sera oubliée.

– Comment l'apprendra-t-il? demanda Larentia.

Harry haussa les épaules.

– J'imagine que cela dépend de son désir de vous revoir et de vous dire ce qu'il a découvert au cours de ses recherches. Je suppose que, somme toute, il croit vraiment que vous êtes la duchesse de Tregaron?

– Oui... je pense... qu'il l'a cru... mais la marquise s'est montrée très hostile et elle était très... choquée par cette idée.

– Bon, alors la mort de Katie la ravira!

Il y avait quelque chose dans sa voix qui fit comprendre à Larentia à quel point cela comptait pour lui.

– Je suis vraiment désolée pour vous, dit-elle d'une voix douce.

– Je l'aimais! Dieu sait pourquoi! J'ai eu beaucoup de femmes dans ma vie, mais Katie signifiait plus pour moi qu'aucune d'elles. Et, bien que nous ayons été trop pauvres pour jouir de la vie, ça n'avait pas tellement d'importance. Nous en riions, nous en plaisantions, et elle disait toujours : « Nous connaîtrons bientôt des jours meilleurs. »

– Je... je suis vraiment... désolée, répéta Larentia.

– Peut-être que, dans un mois ou deux, il me sera plus facile d'oublier. Et les cent livres que vous m'avez apportées m'aideront beaucoup.

– Vous rembourserez... M. Levy? se hâta-t-elle de demander.

– Oui, bien entendu, et ça me fait penser qu'il faudrait que vous endossiez ce chèque. Il est au nom de Mlle Katie King. Ou, si vous préférez, je le ferai pour vous.

– Faites-le.

Elle avait l'impression de ne plus pouvoir tricher sur quoi que ce soit ayant un rapport avec le duc.

– D'accord. Je passerai vous voir demain pour vous dire quand auront lieu les obsèques. Vous viendrez, n'est-ce pas? Il n'y aura vraisemblablement pas beaucoup de monde. A ma connaissance, Katie n'avait pas de parents, et pas beaucoup d'amis, en dehors de moi.

– Oui... bien sûr que je viendrai.

– Elle aura un cercueil convenable et j'apporterai quelques fleurs. Elle aurait aimé cela.

Il se dirigea vers la porte, et Larentia le suivit.

Quand elle l'ouvrit, Harry fut frappé de voir à quel point elle avait l'air perdue, frêle et presque immatérielle à la lumière tremblotante des deux bougies.

– Vous pourrez rester seule? demanda-t-il.

– Oui, très bien.

– Alors, verrouillez votre porte et n'ouvrez que si vous êtes sûre de l'identité du visiteur.

– Mais oui... bien sûr.

– Il devrait y avoir quelqu'un avec vous, dit-il presque pour lui-même.

Il hésita un instant, comme s'il avait quelque chose à proposer, mais il y renonça et, sans rien ajouter, il s'en alla.

Larentia ferma la porte et poussa le verrou. Puis elle souffla les bougies et alla se coucher.

7

Larentia descendit l'escalier, vêtue de la robe noire qu'elle portait à la mort de sa mère.

Elle était maintenant un peu étroite pour elle et la faisait paraître plus svelte et plus élégante encore.

Son petit chapeau à brides était orné de rubans noirs et elle portait des gants noirs.

En s'habillant, elle avait essayé de penser à Katie, de se dire qu'il était tragique de mourir si jeune.

Mais son esprit revenait irrésistiblement au château et, quand elle se regarda dans le miroir, ce ne fut pas son reflet qu'elle y découvrit mais les grands murs de pierre avec leurs fenêtres en ogive et les tours crénelées.

Durant les deux jours qu'elle avait passés seule chez elle, sans parler à personne, sauf à son père lors de sa visite à la clinique, elle avait été hantée par le duc.

Elle savait qu'après avoir trouvé ce qu'il y avait de plus précieux au monde – le Saint-Graal de l'Amour – elle l'avait perdu et ne le retrouverait jamais.

Pour elle, le château, c'était Camelot et, dans ses rêves, le duc était tel qu'elle l'avait vu pour la première fois en *armure étincelante d'argent, semée d'étoiles*. Plus jamais un homme n'aurait d'importance pour elle, et elle ne pourrait plus jamais donner son cœur car il appartenait pour toujours au duc.

– Je vous aime! Je vous aime! murmurait-elle, le soir, la tête enfouie dans son oreiller, sans larmes, le corps douloureux du désir de sentir ses lèvres sur les siennes.

Elle se dit alors qu'elle devait revenir au monde réel et garder le souvenir du duc pour les moments où elle lirait les livres de son père et se perdrait dans les descriptions vivantes du roi Arthur et de ses chevaliers dans les poèmes de Tennyson.

On frappa à la porte. C'était, elle le savait, Harry Carrington qui venait la chercher pour l'emmener, comme promis, aux obsèques de Katie.

En lui ouvrant la porte, elle vit qu'une voiture de louage les attendait dehors. Il pénétra cependant dans le petit salon et sortit une enveloppe de sa poche.

– Voilà votre part. Soixante-quinze livres.

Il posa l'enveloppe sur le bureau de son père, et Larentia ouvrit la bouche pour dire qu'elle avait changé d'avis : elle refusait.

Puis, elle se souvint que son père était encore faible et que, même si le Dr Curtis lui avait assuré qu'il pourrait rentrer chez lui dans une dizaine de jours, il lui faudrait encore des mois avant de pouvoir recommencer à marcher et, durant cette période, il devrait bien se nourrir et ne pas avoir de soucis pécuniaires.

– Merci, dit Larentia à voix basse.

– Les funérailles ont coûté un peu plus de vingt livres, et le reste, je l'ai dépensé en fleurs.

Il s'exprimait avec une nuance de défi dans la voix, comme s'il attendait qu'elle protestât. Larentia gardant le silence, il se dirigea vers la porte, et elle vit, à l'expression de son visage, qu'il souffrait.

Elle allait le suivre puis se ravisa.

– Un instant. Je voudrais vous demander si nous devrions faire savoir au duc que Mlle King... est morte... (Sa voix se brisa un instant, puis elle poursuivit :) C'est... mal, à mon avis, de les laisser... se tracasser pour... l'argent alors qu'il n'y a plus de raison pour qu'ils... le versent.

– Ils s'en réjouiront, vous pouvez en être sûre! dit Harry d'une voix sèche. Et ils seront encore plus heureux de savoir qu'ils sont débarrassés d'une duchesse qui, à leurs yeux, déshonorait leurs quartiers.

– Le duc a dit, murmura Larentia, qu'elle... figurerait dans leur arbre généalogique.

A sa grande surprise, Harry éclata d'un rire désagréable, avant de s'exclamer :

– Il a pensé à ce genre de choses! Eh bien, il n'a pas besoin de se faire de souci. J'imagine que, tôt ou tard, il découvrira la vérité et s'apercevra qu'on l'a pris pour une poire, même si cela ne lui a coûté que mille livres!

Il s'aperçut alors de l'air horrifié de Larentia.

– Qu'est... qu'est-ce que vous... dites? demanda-t-elle d'une voix défaillante. Etes-vous en train de me... dire que ce que... j'ai raconté au duc... n'était pas vrai et que Mlle King... n'était pas mariée avec son oncle?

– Bien sûr qu'elle n'était pas mariée! Pensez-vous vraiment que le tout-puissant duc de Tregaron, ce poseur, aurait pris pour femme une girl de music-hall?

– Mais... la lettre et... le certificat de mariage? s'écria Larentia, le souffle coupé.

– Très adroitement exécutés par un des meilleurs faussaires de la place! Et je m'enorgueillis d'y avoir donné le coup de fion : l'inscription dans le registre des mariages de la cathédrale de Southwark. (Il s'interrompit avant d'ajouter :) Mes combinaisons vous ont abusée et ont apparemment abusé le duc. J'espère qu'il continuera à s'escrimer dessus, c'est ce que méritent tous ces poseurs d'aristocrates avec leur air de vous dire : « Je suis plus précieux que toi! »

– Mais comment avez-vous pu... comment avez-vous pu me laisser raconter de tels mensonges? Et en tirer de l'argent? demanda Larentia.

Il y eut un sanglot dans sa voix, et Harry répondit, en colère :

– Avez-vous oublié que je les ai inventés pour sauver la vie de Katie et que vous avez menti pour sauver celle de votre père? Bon, j'ai échoué, mais vous devriez être heureuse que les choses aient tourné de cette façon.

Larentia ferma les yeux, comme si elle luttait pour reprendre le contrôle d'elle-même. Puis elle dit calmement :

– Vous avez raison... Je devrais être... heureuse. Bon, allons-y.

Elle n'attendit pas Harry. Elle le précéda, ouvrit la porte et monta dans la voiture.

Le cimetière n'était pas éloigné mais elle avait l'impression que Harry avait pris une voiture car cela lui semblait plus respectueux à l'égard de Katie que s'ils étaient arrivés à pied.

Ils roulèrent en silence. Larentia était décomposée. En lui apprenant la vérité, Harry lui avait en quelque sorte assené un coup de massue sur la tête.

Comment aurait-elle pu savoir... comment aurait-elle pu croire un seul instant qu'il... mentait, que les documents qu'elle avait apportés étaient des faux, et que Katie était, en fait, exactement ce que les Garon l'avaient soupçonnée d'être?

Le cimetière fut bientôt en vue.

– Cessez de vous tracasser sur votre rôle dans cette affaire, Larentia, dit Harry. Personne ne pourra jamais vous blâmer d'avoir agi de bonne foi pour essayer de sauver la vie de deux personnes. (En voyant ses joues blêmes et ses yeux baissés, il ajouta :) Oubliez le duc. Il ne peut rien être pour vous, dans votre vie, et au moins, il ne vous a pas violée, comme Katie l'a été par son oncle.

– J'essaierai de... l'oublier.

– C'est raisonnable, approuva Harry. Nous avons tous les deux quelque chose à oublier, et plus tôt nous y parviendrons, mieux cela vaudra pour nous.

Les chevaux s'arrêtèrent. Harry descendit de voiture et paya le cocher, puis ils prirent le chemin qui menait à l'église.

Le cercueil de Katie était au pied des marches du chœur. Il était recouvert de deux grandes couronnes de fleurs qui devaient être celles dont avait parlé Harry.

Il y avait aussi quelques bouquets et, de l'endroit où elle était placée, elle vit que l'un d'eux avait été envoyé par les filles du Gaiety Theatre.

Il n'y avait que quatre autres personnes dans l'église : une femme d'un certain âge qui avait l'air d'une habilleuse, un homme qui semblait appartenir au monde du théâtre et deux filles très maquillées. Larentia supposa qu'elles devaient travailler au Gaiety, supposition qui se trouva confirmée lorsqu'elles sourirent et firent un signe de tête à Harry.

Elle s'agenouilla de l'autre côté de la nef latérale et pria pour que Katie trouvât la paix et le bonheur, où qu'elle fût.

Puis, incapable de résister à la tentation, elle pria aussi pour que le duc lui pardonnât de l'avoir trompé et que, dans l'avenir, il se souvînt de leur amour.

Non pas avec mépris, mais comme de quelque chose de très beau et de mystique qui avait traversé leur vie et leur avait apporté une beauté que rien ne pourrait ternir.

Le pasteur entra d'un pas pressé, comme s'il avait conscience d'être en retard et essayait de rattraper le temps perdu.

Son surplis était froissé et douteux, et il célébra le service funèbre comme si les mots étaient dénués de sens, sans même feindre d'y croire.

Puis les porteurs chargèrent le cercueil sur leurs épaules et Larentia et Harry prirent place immédiatement derrière, tandis que les autres suivaient.

On devait enterrer Katie au fond du cimetière, et ils durent avancer avec précaution au milieu de vieilles tombes brisées.

L'herbe était trop haute, et tout le cimetière avait l'air abandonné, comme si personne ne s'en souciait jamais.

Larentia se répétait qu'elle ne devait songer qu'à Katie et, quand ils arrivèrent à la tombe, elle se concentra sur l'idée que ce n'était que le corps de

Katie qu'on mettait en terre : son âme était libre, et elle ne souffrirait plus.

Elle ferma les yeux et pria.

« Oh, mon Dieu, faites qu'elle soit heureuse auprès de Vous et qu'elle oublie tout ce qu'elle a subi ici sur cette terre. » (Puis, comme si elle ne pouvait résister à la tentation de prier pour elle-même, elle poursuivit :) « Et aidez-moi à oublier... je vous en prie, mon Dieu... aidez-moi à apprendre à vivre sans lui... afin que la douleur que je ressens maintenant s'atténue... et que je n'éprouve plus que de la reconnaissance d'avoir connu l'amour qui fait partie de Vous... »

On descendait lentement le cercueil lorsqu'elle ouvrit les yeux.

De l'autre côté de la tombe, elle aperçut un homme immobile : son cœur s'arrêta, elle devait rêver.

C'était le duc!

Le duc était dans son cabinet de travail quand arriva M. Arran.

– Jackson est ici, monsieur le duc.

Le duc se leva de son bureau.

– Faites-le entrer, Arran. Je voudrais bien savoir pourquoi il a tant tardé.

– Je suis sûr qu'il a une explication valable à vous fournir, monsieur le duc, répondit Arran avec une nuance de reproche dans la voix.

En fait, il savait gré au détective qu'il avait engagé, sur les ordres du duc, d'avoir répondu à sa convocation et d'être venu à l'hôtel des Tregaron dès qu'il avait obtenu les renseignements.

Depuis son arrivée à Londres, le duc avait

demandé une bonne dizaine de fois par jour si le détective avait quelque chose de neuf à lui communiquer, et il était de toute évidence extrêmement contrarié quand la réponse était négative.

En vérité, M. Arran avait beaucoup de mal à comprendre la nervosité du duc parce qu'une girl de music-hall prétendait avoir épousé secrètement feu le duc.

Il connaissait le quatrième duc et travaillait pour lui depuis plus de quinze ans, et il ne crut pas un instant que, même s'il avait ardemment désiré un fils, il eût épousé une de ces femmes qui lui plaisaient pour des raisons toutes différentes.

Débauché, dépravé, et s'acoquinant avec les créatures les plus viles de Londres, il avait néanmoins une conscience très vive de son importance et, à sa façon, il était fier de l'histoire de sa famille.

M. Arran était stupéfait que le nouveau duc eût pu croire un instant à cette histoire de mariage, même étayée par un certificat. Il était presque sûr que la lettre, bien qu'elle semblât effectivement être de l'écriture du duc, était un faux.

Il n'ignorait pas, cependant, que pour établir le bien-fondé de ses convictions, il fallait des preuves. Il attendait donc le détective et ses conclusions avec presque autant d'impatience que le duc.

Ce fut sur un ton manifestement triomphant qu'il annonça :

– M. Jackson, monsieur le duc!

Le détective entra dans le bureau.

C'était un homme petit, à l'air fouineur, qui correspondait exactement à l'image que le duc se faisait d'un détective.

– Bonjour, monsieur le duc.

– Bonjour. J'espère, monsieur, que vous avez quelque chose à m'apprendre. J'attends votre rapport depuis mon arrivée à Londres.

– Je sais, monsieur le duc, mais il n'a pas été facile d'obtenir les informations que vous demandiez.

– Mais vous les avez maintenant?

– Oui, monsieur le duc.

Le duc prit place à son bureau avec un air de soulagement et fit signe à Jackson de s'asseoir.

Le détective sortit de sa poche un paquet de notes soigneusement rédigées.

– Sur les instructions de M. Arran, monsieur le duc, commença-t-il, je me suis rendu au Gaiety Theatre et j'ai vérifié que Mlle Katie King avait joué dans tous les spectacles montés par M. Hollingshead au cours des six dernières années. (Il s'interrompit et s'assura que le duc écoutait attentivement. Il enchaîna aussitôt:) Avant, elle s'était produite à l'Olympic. Elle avait débarqué à Londres à dix-sept ans, venant de Stockport.

– Tout cela, je le sais, dit le duc.

– Je suis ravi que ce que j'ai découvert confirme ce qu'on a dit à Monsieur le duc. (M. Jackson tourna une page et poursuivit :) Mlle King avait dans chaque spectacle un petit rôle qui était devenu un numéro très apprécié par le public. Ses cheveux qui, si j'ai bien compris, étaient d'une très jolie couleur, se déployaient pendant qu'elle dansait. Le public attendait ce moment et applaudissait.

– Continuez, dit le duc avec impatience. Je veux savoir où elle est maintenant.

– J'y viens, monsieur le duc. Au cours de cette année Mlle King a déménagé plusieurs fois, mais ces derniers temps, elle avait une chambre à Lambeth.

– Quelle est l'adresse?

– Quay Street, monsieur le duc, nº 92, mais ce n'est pas, si je peux m'exprimer ainsi, un quartier particulièrement salubre.

– Y est-elle toujours?

– Non, monsieur le duc. Apparemment, il y a six ou sept semaines, Mlle King a quitté le Gaiety. Elle n'allait pas bien.

Le duc eut un mouvement de nervosité, comme s'il était déjà au courant.

– Elle est restée chez elle, au 92, Quay Street, avec un homme qui vit avec elle depuis quatre ans.

– Un homme? Quel homme?

M. Jackson tourna une nouvelle page de son bloc-notes.

– Il s'appelle Harry Carrington, monsieur le duc, et il est connu dans le monde du théâtre comme un type qui « met le grappin » sur les actrices et les danseuses qui tirent pas mal d'argent de leur « profession ».

L'intonation de Jackson suggérait nombre d'interprétations du mot « profession ».

– Apparemment, poursuivit-il, Harry Carrington s'est montré d'une fidélité inhabituelle; il est resté avec Katie King bien plus longtemps que ne dure d'ordinaire ce genre de liaison.

A sa grande surprise, le duc se leva pour aller regarder par la fenêtre.

Pourtant, il ne dit rien et, après avoir hésité un instant, M. Jackson enchaîna :

– J'ai appris, par d'autres locataires de l'immeuble, que Mlle King recevait fréquemment la visite d'un médecin. Puis, au début de la semaine dernière, elle est partie. (Il s'arrêta, mais devant l'absence de réaction du duc, il dit avec une nuance de fierté dans la voix :) Il ne m'a pas été facile de découvrir où elle était allée mais, en fin de compte, j'ai suivi Harry Carrington, qui continuait à coucher dans la pièce où ils vivaient, Quay Street. Il m'a conduit à un immeuble de Harley Street.

– Harley Street ? demanda le duc sèchement. Quel numéro ?

– 49, monsieur le duc. C'est la maison et la clinique qui appartiennent à un célèbre chirurgien du nom de Sheldon Curtis.

– Et elle y est maintenant ?

– Non monsieur le duc. Mlle King est morte il y a trois jours !

M. Jackson avait pris de nouveau un petit ton triomphant comme s'il était fier de son habileté et conscient de la chute assez sensationnelle de son histoire.

Il fut surpris de voir que le duc le regardait comme s'il n'en croyait pas ses oreilles. Puis il dit avec agressivité, d'une voix rauque :

– Voulez-vous dire que Mlle King... est morte ?

– Oui, monsieur le duc.

– Je ne vous crois pas !

– Mais c'est vrai, monsieur le duc, et on va l'enterrer ce matin. Il n'y a aucun doute là-dessus. Le Dr Curtis me l'a dit lui-même.

Le duc se détourna de nouveau vers la fenêtre.

M. Jackson attendait, dans un silence qui devenait oppressant. Le duc demanda enfin :

– Où l'enterre-t-on ?

– Au cimetière de la paroisse de Lambeth, monsieur le duc. A St-Mary. Je crois que les obsèques ont lieu à midi.

Il y eut de nouveau un silence. Puis, sans dire un mot, sans même un regard au détective, le duc sortit précipitamment de la pièce.

Les fossoyeurs, armés de leur pelle, jetaient de la terre sur le cercueil, et Larentia était clouée sur place, comme si les yeux du duc, debout de l'autre côté de la tombe, la retenaient captive et lui interdisaient de bouger et même de respirer.

Le pasteur débita les derniers mots du service et, quand il repartit vers l'église, les filles du Gaiety s'approchèrent de Harry pour lui parler.

Larentia ne les entendit même pas.

Elle n'avait conscience de rien, sauf de la présence du duc. Il contourna la tombe pour venir vers elle. Elle se sentit sans volonté, sachant qu'elle était inévitablement la proie du destin et que c'était sans appel.

Sans un mot, il lui prit le bras et l'écarta de la tombe. Ils repassèrent devant les pierres tombales brisées et descendirent le sentier jusqu'au porche d'entrée du cimetière, devant lequel stationnait sa voiture.

Il l'aida à monter et ce ne fut que lorsque le laquais lui eut posé une couverture sur les genoux qu'il demanda :

– Où habitez-vous?

Sur le moment, il fut impossible à Larentia de répondre. Puis elle balbutia d'une voix tremblante :

– 20, Wellington... Road... c'est la maison qui fait le... coin.

Le laquais ferma la portière et la voiture s'ébranla.

Le cœur de Larentia battait follement et elle n'avait plus de voix. Elle était incapable de regarder le duc ou de s'interroger sur ce qu'il pensait.

Elle croisa ses mains gantées de noir et regarda droit devant elle. Elle n'avait qu'une pensée : il était là, à côté d'elle, et c'était un indicible miracle, même s'il savait à présent qu'elle n'était qu'une menteuse et une tricheuse.

« Je ne peux même pas lui rendre son argent », se disait-elle, désespérée, en se demandant s'il comprendrait les raisons qui l'avaient incitée à agir de la sorte.

La voiture s'arrêta devant la maison et, toujours sans volonté, comme une marionnette dont il tirait les fils, Larentia descendit et fouilla dans son sac pour y chercher ses clefs.

Le duc les lui prit des mains et ouvrit la porte.

En pénétrant dans le petit vestibule qu'ils traversèrent pour se rendre dans le salon, Larentia se demanda ce qu'il devait penser de ce cadre, après l'avoir vue dans son château dont la beauté serait toujours empreinte pour elle du mysticisme de Camelot.

Arrivée au milieu de la pièce, elle se retourna et lui fit face.

Lorsqu'elle croisa son regard, le charme qui les avait retenus dans le silence fut brisé et les mots sortirent en se bousculant de ses lèvres.

– Pardonnez-moi... je vous en prie... pardonnez-moi, supplia-t-elle. Je n'avais pas... l'intention de vous tromper... comme je l'ai fait. Je vous... jure que je ne savais pas que... Katie King n'était pas mariée...

avec votre oncle, comme... on me l'avait dit. (Elle reprit son souffle avant de poursuivre :) J'avais... terriblement besoin de cet argent pour sauver mon père et Mlle King... d'un cancer... mais je croyais qu'elle... était vraiment mariée en secret avec le duc, et à ce moment-là, j'avais l'impression que rien... n'avait d'importance... sauf la vie de mon père et de Mlle King...

Des larmes plein les yeux, elle ne distinguait pas l'expression du duc, mais elle sentait qu'il devait la condamner.

Il demanda calmement :

– Comment vous appelez-vous?

– Larentia Braintree... mon... mon père écrit... des livres sur l'histoire médiévale, en particulier sur les légendes du roi Arthur... c'est pour cela que... je sais tant de choses sur le sujet.

– Vous voulez dire que votre père est le Pr Braintree, qui a écrit *La Vérité sur le roi Arthur* et traduit le poème gallois *Y Gododdin*?

– Oui... vous avez... entendu parler de lui?

– Naturellement! J'ai tous ses livres dans ma bibliothèque, au château. Vous auriez pu demander à les voir.

Larentia respira profondément.

– Peut-être alors... comprendrez-vous pourquoi je... me suis conduite de cette façon. Papa était... mourant et le médecin a dit que la seule chance de le sauver était... de le faire opérer par le Dr Sheldon Curtis; cela devait coûter... deux cents livres. (Elle fit un geste d'impuissance.) Il m'était... impossible de trouver autant d'argent... et quand Harry Carrington...

– Que représente cet homme pour vous? intervint sèchement le duc.

– Katie King et mon père étaient soignés par le même médecin. M. Carrington est venu me voir en disant que, comme elle avait été mariée avec votre oncle, nous pourrions obtenir... de l'argent pour que papa et elle... soient opérés par le Dr Sheldon Curtis.

– Autrement dit, vous aviez besoin de quatre cents livres. Pourquoi avez-vous insisté pour en avoir huit cents?

– On avait... emprunté l'argent à un usurier et... il a exigé cent pour cent d'intérêts!

Larentia pensa, sans trop savoir pourquoi, que sa conduite en apparaissait encore plus dégradante.

– Je suis... désolée, répéta-t-elle.

Elle ne pouvait plus retenir les larmes qui inondaient ses joues.

– Alors les interventions chirurgicales ont eu lieu pendant que vous étiez au château, dit le duc, comme s'il réfléchissait à voix haute, mais Katie King est morte.

– Le Dr Curtis a dit qu'elle était dans un état... bien plus grave que papa.

– Votre père se rétablira?

– Complètement! Il va rentrer... dans dix jours.

– En attendant, vous vivez seule ici?

– Ça... ça va... très bien.

– Avez-vous pensé au château depuis que vous m'avez quitté?

– Oui.. bien sûr.

Elle avait du mal à s'exprimer, tout en sachant qu'il attendait une réponse.

– Est-ce tout?

– Tout?

– N'avez-vous pas pensé à moi?

Elle le sentit se rapprocher d'elle et, comme il y avait dans sa voix quelque chose qui lui rappelait le soir où il l'avait embrassée, elle dit avec une certaine incohérence :

– Pardonnez-moi... je vous en prie... pardonnez-moi. Je sais que je... je me suis mal... conduite... mais... papa est en vie... et vous pouvez peut-être... comprendre... comme c'est... important.

– Ce n'est pas une réponse à ma question, insista le duc.

Sa voix résonnait en elle avec une telle force qu'elle se mit à trembler et se hâta de dire :

– J'ai... pensé à vous... bien sûr... et j'ai eu l'impression que vous avez dû... être furieux quand j'ai disparu... Je ne... voulais pas que vous me revoyiez... alors... il n'y avait... rien d'autre à faire.

– Pourquoi?

Il y eut alors un silence qui sembla lourd de sens à Larentia.

Elle ne voulait pas répondre mais le duc attendait, et d'une voix à peine audible, elle murmura :

– Parce que... je ne pouvais pas... faire ce que vous... demandiez... Cela aurait été... mal et aurait... souillé notre... amour.

– Notre amour? Alors vous m'aimiez!

– Bien entendu, je... vous aimais! répondit-elle, éperdue. Je vous ai aimé dès l'instant où j'ai imaginé que vous veniez à moi... en armure étincelante... et quand vous m'avez embrassée... j'ai su que j'avais vu et touché le Saint-Graal. (Sa voix se brisa. Puis elle poursuivit, toujours en un murmure :) Mais je ne pouvais... vous permettre de... d'abîmer ce qui était... sacré et appartenait à Dieu... ou vous permettre de... commettre... ce qui aurait été... un péché.

– Vous avez donc pensé à moi!

– Je penserai toujours à vous, mais vous appartenez à Camelot... et vous devez y retourner et vous conduire... avec élégance, noblesse et grandeur... parce que c'est ce qu'on... attend de vous. (Elle se tut, puis finit par ajouter, comme irrésistiblement poussée :) Mais je vous en prie... pensez à moi... de temps en temps... quand vous serez... seul.

– Croyez-vous vraiment que ce serait assez? Pensez-vous que je pourrais me contenter de penser à vous, Larentia?

– Je ne peux... rien... vous offrir d'autre, murmura-t-elle, et sa voix se brisa de nouveau.

Elle pensait que le duc allait se retourner et partir. Mais alors que, le visage inondé de larmes, elle attendait avec une angoisse épouvantable le bruit de ses pas s'éloignant, il mit les mains sur ses épaules et l'obligea à lui faire face.

Elle protesta vaguement puis, impulsivement, elle le regarda dans les yeux et se sentit perdue.

Elle ne vit plus que l'expression de son regard, et son visage qui avait toujours été pour elle l'incarnation de tout ce qui était beau et noble dans les légendes des chevaliers de la Table Ronde.

Elle sentit les doigts du duc à travers le fin tissu de sa robe et se rendit compte qu'il était tout près d'elle, fort et irrésistible.

Puis elle décela comme un rire dans sa voix lorsqu'il demanda :

– Essayez-vous vraiment de me renvoyer, Larentia? Comment pourriez-vous agir ainsi alors que vous savez que nous ne pourrions être complets l'un sans l'autre?

– Il faut que... vous partiez, répliqua-t-elle. Nous ne pouvons... rien faire d'autre... et j'ai essayé de... vous le faire comprendre.

– J'ai bien compris, mais je ne vous demande pas, ma chérie, de faire quoi que ce soit de caché ou de mal. J'étais fou de penser que c'était possible, et cela dès le début. Je vous demande de m'épouser, et, ensemble, nous ferons du château le Camelot qu'il a toujours été destiné à être.

Pendant un moment, Larentia eut l'impression d'avoir mal entendu, d'avoir rêvé.

Puis elle le regarda, les yeux brillants à travers les larmes et les lèvres tremblantes à la fois de peur et d'excitation. Alors il la serra contre lui et posa ses lèvres sur les siennes.

Après l'avoir cru perdu, après avoir cru une pareille extase disparue à jamais, cela lui parut si merveilleux, si insoutenable qu'elle souhaita un instant mourir.

Puis, lorsque les lèvres du duc se firent plus exigeantes, plus insistantes, elle voulut vivre.

L'émerveillement qu'il avait déjà fait naître en elle la submergea, et Larentia eut de nouveau l'impression qu'il l'élevait jusqu'au trône de Dieu, et que ni l'un ni l'autre n'étaient humains, mais de nature divine...

Ce ne fut que bien plus tard – s'était-il écoulé quelques minutes ou un siècle? – que le duc leva la tête et qu'elle dit, comme si elle délirait :

– Je... je vous aime... avez-vous vraiment dit que je pourrais... rester avec vous et... vous aimer... ou l'ai-je rêvé?

– Nous rêvons tous les deux, dit le duc de sa voix grave. J'ai pensé à vous, rêvé de vous dès la première fois où j'ai vu votre portrait et, maintenant, j'ai peine à croire que la déesse que j'ai adorée toute ma vie est ici, dans mes bras.

Il l'attira à lui et l'embrassa avec passion, puis il s'exclama, avec une nuance de colère dans la voix :

– Comment avez-vous pu m'abandonner ? Comment avez-vous pu faire preuve d'une telle cruauté en vous en allant ? Vous m'avez rendu presque fou ces derniers jours, et quand on m'a dit que vous étiez morte, le monde s'est écroulé !

– Je... je suis... désolée, répéta Larentia. Je vous en prie... je vous en supplie... pardonnez-moi... et dites-moi comment je peux me racheter à vos yeux.

– Aimez-moi, c'est tout ce que je vous demande.

– Je vous aime... je vous aime au point que j'ai souffert... le martyre, seule dans cette maison... à ne penser qu'à vous... hantée par vous.

– Cela ne se reproduira plus jamais. Je veillerai sur vous, je vous protégerai et je ne vous laisserai plus jamais seule, ma chérie. Vous êtes bien trop belle.

Tout en parlant, il dénouait les rubans de son chapeau; il le jeta par terre puis passa la main sur ses cheveux, en effleura la douceur soyeuse, le regard fixé sur le reflet flamboyant, étincelant dans le soleil qui entrait par la fenêtre.

– Je veux vous voir les cheveux défaits, sur les épaules. Dites-moi, ma chérie, quand nous marierons-nous ?

– Que... dira... la marquise ?

– Que diront les autres quand ils vous connaîtront? Que je suis l'homme le plus heureux du monde! Et, de toute façon, qu'importe ce que pensent les autres! Vous êtes à moi, Larentia, et tous ceux qui ont un peu d'intelligence ne pourront qu'admirer un homme aussi brillant que votre père.

Larentia était ravie.

– Si seulement papa pouvait vous entendre!

– Quand pourrai-je le voir?

– Pour le moment, les visites sont interdites, sauf à moi, mais... peut-être fera-t-on une exception pour vous?

– En tant que gendre, je dois avoir droit à ce privilège. Mais vous n'avez toujours pas répondu à ma question. Quand m'épouserez-vous?

– Quand... le voulez-vous?

– Maintenant! A l'instant même! Je demanderai une autorisation spéciale et nous pourrons nous marier dès demain.

Larentia se serra contre lui.

– Etes-vous sûr... tout à fait sûr... que c'est ce que vous devriez faire?

Il lui releva le menton.

– C'est ce que j'ai l'intention de faire, dit-il. Vous savez, ma douce chérie, que, comme moi, vous appartenez au château. Il fait partie de nous, exactement comme les légendes du roi Arthur sont réelles pour vous comme pour moi. D'une certaine façon, bien que je ne puisse l'expliquer, nous sommes faits de ces légendes et nous vivons encore au milieu d'elles.

– C'est vrai... totalement, absolument vrai! s'écria Larentia, mais je n'ai jamais cru que je pourrais trouver quelqu'un qui comprendrait. Je vous aime... et j'essaierai de faire tout... mon possible pour que vous n'ayez jamais honte de moi... et je jure... de ne plus jamais... vous mentir.

– Je le sais, dit-il doucement. Et, mon adorable chérie, nous avons eu tous deux la chance inouïe, incroyable, de nous rencontrer.

Il y avait dans sa voix une sorte de respect religieux qui donna à Larentia l'impression d'entendre le bruissement d'ailes angéliques volant autour d'eux. Puis elle murmura :

– Je ne ferai plus qu'*un avec vous et je croirai ce que vous croyez*.

– Vous ne faites déjà plus qu'« un avec moi ». Vous êtes à moi ! Votre cœur et votre âme sont à moi, et demain, nos corps ne feront plus qu'un, parachevant ainsi notre union. Un homme et une femme, ma chérie, tels que Dieu nous destinait à être, vous êtes ma déesse et je suis heureux de vous adorer.

– Vous ne devez pas... dire... des choses pareilles.

Les lèvres du duc la retinrent captive et Larentia sut qu'ils étaient un, comme il l'avait dit, à jamais inséparables, mais qu'ils faisaient un aussi avec le mystère et la magie des légendes auxquelles ils appartenaient tous deux.

L'amour qui leur avait été donné était la manifestation parfaite d'un don divin : Dieu disait à l'homme qu'il devait chercher le Saint-Graal dans son cœur et dans son âme, comme l'avaient fait les chevaliers du roi Arthur.

C'était un amour qui ne pouvait s'exprimer qu'à travers l'*armure étincelante d'argent, semée d'étoiles,* dont la vibration se transmettait de Dieu à l'homme.

Achevé d'imprimer sur les presses de l'imprimerie Brodard et Taupin
7, Bd Romain-Rolland, Montrouge. Usine de La Flèche,
le 16 janvier 1984
1681-5 Dépôt Légal janvier 1984. ISBN : 2 - 277 - 21581 - 3
Imprimé en France

1581
★★

Editions J'ai Lu
27, rue Cassette, 75006 Paris
diffusion France et étranger : Flammarion